봄 실상사

도서출판 아시아에서는 《바이링궐 에디션 한국 현대 소설》을 기획하여 한국의 우수한 문학을 주제별로 엄선해 국내외 독자들에게 소개합니다. 이 기획은 국내외 우수한 번역가들이 참여하여 원작의 품격을 최대한 살렸습니다. 문학을 통해 아시아의 정체성과 가치를 살피는 데 주력해 온 도서출판 아시아는 한국인의 삶을 넓고 깊게 이해하는 데 이 기획이 기여하기를 기대합니다.

Asia Publishers present some of the very best modern Korean literature to readers worldwide through its new Korean literature series 〈Bi-lingual Edition Modern Korean Literature〉. We are proud and happy to offer it in the most authoritative translation by renowned translators of Korean literature. We hope that this series helps to build solid bridges between citizens of the world and Koreans through rich in-depth understanding of Korea.

바이링궐 에디션 한국 현대 소설 029

Bi-lingual Edition Modern Korean Literature 029

Spring at Silsangsa Temple

정도상

봄 실상사

Jeong Do-sang

ASIA PUBLISHERS

Contents

봄 실상사

Spring at Silsangsa Temple

천왕문에서 보니 천왕봉은 눈에 덮여 있었다. 눈에 덮인 천왕봉은 선비가 사랑방에 홀로 앉아, 문밖의 세상을 바라보는 모습처럼 보였다.

약수암으로 올라갈까 바로 앞의 논둑에서 산책을 할까 잠시 망설였다. 숲 속으로 아득하게 사라지는 약수암 가는 길, 연초록의 쑥이 동토를 비집고 올라와 옹기종기 모여 있는 논둑길, 나는 두 길을 번갈아 쳐다보았다. 어디로 갈까? 어찌하여 길은 이리도 많은 것일까? 눈을 감았다가 떴다. 그때 황소 한 마리가 눈길에 잡혔다. 누런 황소 한 마리가 천천히 논둑길을 걸으며 한가로이 쑥을 뜯고 있었다. 그 옆에는 허름한 작업복의 사내가 논둑에 앉아 담배

From Cheonwang Gate I could see snow-covered Cheonwang Peak. It looked like a classical scholar sitting alone in his study, gazing out at the world through his doorway.

For a moment I hesitated about whether I should go up to Yaksu Temple or take the footpath between the rice paddies that stretched right in front of me. I looked at the road vanishing into the forest toward the Temple and then at the footpath where clusters of light green moxa were sprouting through frozen soil. *Which way? Why are there so many roads?* I blinked. An ox caught my attention. This yellowish ox was moving sluggishly on the

를 피우며 앉아 있었다. 담배를 다 피운 뒤 옆에 있던 줄을 잡고 일어섰다. 사내는 줄을 당겼다. 황소는 그 줄 끝에 매달려 있었다. 주인의 고삐질에 이끌려 논으로 쑥 들어가는 게 보였다. 봄 햇살 아래, 논둑길에서 아지랑이가 어지럽게 피어올랐다. 나의 망설임은 언제나 끝날까? 짜장면이 먹고 싶어 중국 음식점에 갔다가도 막상 짬뽕이라는 글자를 만나면 짜장면과 짬뽕 사이에서 서성거리곤 했다. 생의 모든 순간마다 무언가를 선택해야 하는 게 정말 싫었지만, 돌이켜보면 내 생은 온통 머뭇거림 끝의 자신감 없는 선택의 연속이었다. 때로는 짬뽕을 선택했다가 다른 사람이 짜장면을 먹는 걸 보면서 내 앞의 그릇을 다 비울 때까지 짜장면이 맛있어 보여서 두고두고 후회했다. 가끔 마음이 흡족한 선택을 한 적도 있었으나 대개는 선택 뒤에 가혹한 후회가 뒤따르곤 했었다. 더구나 오랜 망설임 뒤의 선택이 최악일 경우에는 아무런 대책도 세우지 못하고 무책임하게 달아나기 일쑤였다.

갈림길을 만날 때마다 언제나 어느 한쪽을 선뜻 선택하지 못하고 주저하며 머뭇거리는 내가 싫었다. 약수암으로 가는 하얀 길도, 어린 쑥들이 수다를 떨며 돋아나고 있는 논둑길도 포기하고 엉뚱하게 해탈교에서 실상사로 들어

path between paddies, leisurely grazing on the moxa. A man in tattered work clothes was resting on the path, smoking. After finishing his cigarette he got up, clutching a rope. He tugged on this rope, at the end of which was the ox. Led by the reins in its owner's hands, the ox went down into the rice paddies. Under the spring sun, dizzying waves of heat rose from the footpath between paddies. *When will I stop hesitating?* When I go to a Chinese restaurant because I want to eat *Jajangmyeon* and see the word *Jjambbong*, I tend to waver between *Jajangmyeon* and *Jjambbong*. I really hate that I always have to. My life, in retrospect, has consisted of a series of choices after hesitations, choices that lacked self-confidence. Sometimes I chose *Jjambbong* and regretted it until I finished the entire bowl in front of me, thinking that the *Jajangmyeon* somebody nearby was eating looked more delicious. There were times when I was happy with my choices, but more often I bitterly regretted them. Even worse, when the choice I made after a long hesitation turned out to be the worst one possible, I tended to flee, irresponsibly, incapable of coping.

I didn't like myself for hesitating and wavering whenever came to a crossroads. So I abruptly

오는 길에 눈길을 던졌다. 아! 짧은 탄식이 나도 모르게 터져 나왔다. 하얀 옷을 입은 사람이 자전거를 타고 실상사로 들어오고 있는 모습이 시선에 잡혔다. 하얀 옷과 자전거에서 나는 눈길을 떼지 못했다. 햇살, 너풀거리는 하얀 옷, 두 개의 동그라미로 굴러가는 자전거, 그리고 여자. 여자라고 생각하니 호기심이 부풀어 올랐다. 여기서 기다릴까 아니면 천왕문 안으로 들어가 관광객처럼 어슬렁거리다가 우연히 마주친 것처럼 만날까? 짧은 고민을 하는 사이에 자전거는 스르르 달려왔다.

바퀴가 돌고 돌았다.

중심이 텅 빈 동그라미 두 개가 천천히 굴러 천왕문 옆의 길로 들어섰다. 바퀴의 텅 빈 중심에 감춰진 바퀴살에 봄 햇살이 잘게 부서졌다. 여자가 천천히 바퀴를 굴리며 생태(生態)뒷간 아래의 공터로 향했다. 여자가 경쾌하게 자전거 페달을 밟을 때마다 검은 머리가 물결처럼 출렁거렸다. 나는 논둑길에서 천왕문을 향해 뛰며 여자의 뒤를 눈길로 좇았다. 여자는 재활용품 분리수거장 옆에 자전거를 세워두고 바로 실상사로 들어갔다. 나도 얼른 천왕문을 통과해 경내로 들어섰다. 종루를 향해 걸으면서 고개를 돌려 여자를 훔쳐보았다. 여자의 자태는 봄물이 오르

looked toward the road leading up to Silsangsa Temple from Haetal Bridge, forsaking both the white road to Yaksu Temple and the footpath between rice paddies from which young moxa was sprouting and humming. *Ah!* A brief interjection escaped me, unawares. I could see a person in white clothes moving towards Silsangsa Temple on a bicycle. I couldn't take my eyes off those white clothes and the bicycle. Sunrays, fluttering white clothes, two rolling wheels of a bicycle, and a woman... Since the person looked like a woman, I was full of curiosity. *Should I wait here? Or should I go to Cheonwang Gate, stroll around like a tourist, and meet her as if I just happened to run into her?* While I was briefly wavering like this, the bicycle continued rolling forward gently.

The wheels kept rolling and rolling.

Rolling slowly, two empty circles entered the road beside Cheonwang Gate. Spring sunrays were being thinly sliced by invisible spokes in the empty centers of the wheels. Slowly propelling the wheels, the woman was heading toward the vacant lot below the ecological outhouse. Whenever she lightly pressed the pedal, her black hair undulated like waves. Running along the footpath between the rice

는 버드나무 가지처럼 나긋나긋했다. 나는 두근거리는 가슴으로 동탑 쪽으로 갔다. 동탑에서 서탑을 보는 척하며 다시 여자를 살폈다. 여자는 연못가의 산수유나무 아래를 걷다가 슬쩍 고개를 들었다. 찰나, 내 가슴이 서늘해졌다.

'운서(雲西).'

오랫동안 가슴 깊은 곳에 은밀하게 침잠해 있던 그 이름. 온전하게 잊혀진 줄 알았던 이름이 슬쩍 돌아본 여자의 얼굴에서 매화처럼 피어났다. 나도 모르게 여자를 향해 두어 걸음 옮겼다. 그러다 이내 걸음을 멈췄다. 아니야, 아닐 거야. 운서가 아닐 거야. 실상사와 나의 관계를 잘 아는 운서가 실상사에 올 리는 결코 없어. 그래도 확인해 볼까? 아니야, 확인해 본들 지금 와서 어쩌자는 것인가? 뭘 어떻게 하겠다는 것은 아니지만 지금 확인해 보지 않으면 영원히 확인할 수 없을 것 같은 마음이 들었다. 크게 숨을 내쉰 뒤에 몸을 돌렸다.

아…… 아무도 없었다. 그 자리에 서서 두리번거렸으나 여자는 흔적도 남기지 않고 사라진 뒤였다. 때늦은 내 선택을 후회하며 보광전과 약사전 사이의 유적발굴터로 천천히 걸었다. 공주박물관에서 나온 유적발굴단은 보광전과 약사전 뒤의 경내를 온통 뒤집어 놓았다. 깨진 기왓장

paddies that led to Cheonwang Gate, I followed her with my eyes. After parking the bicycle next to the recycling station, she went straight into Silsangsa Temple. I also immediately entered the temple through Cheonwang Gate. Walking toward the bell tower, I stole a glance at her. Her body looked tender, like the branch of a willow tree in which the spring sap was beginning to rise. My heart pounding, I went to the East Tower. At the East Tower, I looked at her carefully, pretending that I was looking at the West Tower. Walking under a cornelian cherry tree, she raised her head slightly. I felt a chill in my heart.

Unseo.

That name submerged and hidden deep within my heart for a long time... That name I thought I had completely forgotten was blossoming like an apricot flower on the face of the woman at whom I stole a glance. Unawares I took a few steps toward her. But soon I stopped. *No, no way. It can't be Unseo. Unseo knows my relationship with Silsangsa Temple so well that there's no way she would come to this temple. Still, should I check? No. So even if I check, what can I do now?* Although I couldn't do anything, I felt that I could never find out if I didn't

들이 천 년의 세월 속에 묻혀 있다가 세상으로 나와 여기저기 뒹굴었다. 세월이 오래 흘러 내 가슴을 뒤집어 놓으면 사랑의 파편들이 깨진 기왓장처럼 뒹굴고 있는 것을 볼 터인데…… 천년의 세월을 견뎠던 깨진 기왓장에서 후세의 사람은 옛 시절의 한때를 읽어냈다. 나는 깨진 기왓장 하나를 집어 흙덩이를 털어냈다. 동그랗게 깨진 모양이 찻잔 받침으로 적당해 마음에 들었다. 깨진 기왓장을 주머니에 넣고 농장으로 가는 작은 문을 통해 실상사를 빠져나왔다. 발밑에 곧장 들판이 펼쳐졌다.

논둑에는 보라색 제비꽃, 달래, 냉이, 씀바귀며 여린 쑥이 한창이었다. 논둑에 쪼그리고 앉아 쑥을 캐 입 속에 넣었다. 쌉쌀하면서도 향긋한 쑥 맛이 혀끝을 기분 좋게 자극했다. 바람은 여전히 쌀쌀했지만 햇살은 따사로웠다. 나는 논둑에 가만히 드러눕고 싶었다. 하지만 귀농학교에서 나온 늙은 학생들이 비닐하우스를 들락날락하며 일을 하고 있어서 눕기가 민망했다. 나는 강둑을 따라 석장승 앞까지 느릿하게 걸었다. 석장승에서 실상사로 들어가는 길을 따라 아무 생각 없이 터벅터벅 걸음을 옮겼다. 아까 약수암으로 올라갈까 논둑길로 갈까 망설이던 갈림길에 도착한 뒤에 쓰디쓰게 웃었다. 다시 처음으로 돌아온 것

check. I breathed in deeply and turned around.

Ah... Nobody was there. I looked around, but she had disappeared without a trace. Regretting my belated choice, I slowly walked toward the excavation site between the Bogwang Building and Yaksa Building. The archaeological excavation team from the National Gongju Museum had dug up all the ground behind the two buildings. Broken roof tiles that had been buried for a millennium emerged into daylight and were scattered about here and there. If they dig up my heart years later, they will see fragments of love scattered around like those broken roof tiles... Posterity reads a fragment of old times from those broken roof tiles that endured a millennium. I picked up a broken tile and shook the dirt from it. I liked the way it was broken into a round shape, fit for a coaster. After putting it in my pocket, I stepped out of Silsangsa Temple through a small door leading up to the farm. Right at my feet was the wide expanse of a field.

The footpath between rice paddies was full of violets, wild rocamboles, shepherd purses, lettuces, and young moxa. Squatting, I plucked some moxa and put it into my mouth. The bitter but fragrant taste pleasantly prickled the tip of my tongue. The

이었다. 이번에는 망설이지 않고 논둑길로 나섰다. 실상사에서 제법 멀어지자 논둑에 누웠다. 하늘을 바라보며 온몸의 힘을 빼고, 아무 생각도 없이 편안하고 평화롭게 쉬고 싶었다. 눈을 감았다. 이대로 한숨 푹 자고 일어나면 좋겠다고 생각하는 순간, 저 밑에서 무언가가 슬금슬금 떠오르기 시작했다.

그제 오후, 나는 자신의 무능력을 뼈저리게 느껴야만 했었다. 평화통일운동협의회 사무처장이라는 직책을 갖고 있던 나는, 교통비에 불과한 간사 세 명의 활동비를 더 이상 지급할 능력이 없다는 현실 앞에서 한없이 절망했다. 더구나 대외협력부장인 재현이는 첫아기의 출산까지 앞둔 때였다. 여기저기 전화를 했지만 끝내 돈 얘기는 한 마디도 못 했다. 마지막으로 아내한테 전화를 걸어 사정을 설명했다.

"나도 지쳤어. 집에서 쉬고 싶어. 애들 숙제도 봐주면서 보통의 주부처럼 살고 싶다고!"

수화기를 타고 흐르는 아내의 절규 앞에서 나는 입을 꾹 다물었다. 그저 수화기만 오른손에서 왼손으로 옮겼을 뿐이었다. 아내는 학원에서 국어를 가르치는 강사였다. 결혼하자마자 시작한 학원 강사 일을 지금까지 줄기차게

wind was still chilly, but the sun was warm. I felt like lying down gently on the footpath. But I felt embarrassed to lie down in front of middle-aged students from the Return-to-the-Soil School who were working inside and outside a green house. I slowly walked toward the stone totem pole along the riverbank. Then I absentmindedly trudged along the road between the stone totem pole and Silsangsa Temple. When I arrived at the same cross-roads where I had hesitated about whether to take the road to Yaksu Temple or the footpath between rice paddies, I smiled bitterly. I had come back to the starting point. This time I didn't hesitate and took the footpath between rice paddies. When I had gotten far enough away from Silsangsa Temple, I lay down on the footpath. I wanted to take a comfortable and peaceful rest, looking at the sky, relaxing my whole body, without a single thought. I closed my eyes. The moment I thought it would be wonderful to fall into a sound sleep like that, I felt something stealthily begin to emerge from somewhere deep inside me.

Two afternoons before, I was made bitterly aware of my incompetence. As secretary-general for the Council for the Peaceful Reunification Movement, I

해왔다. 통일운동을 한답시고 생활비를 거의 한푼도 내놓지 못하는 남편을 만나 고생만 직사하게 하고 있는 아내한테 염치없게도 나는 또 손을 벌렸다. 재현이는 외교학과 출신인데다 동시통역 능력까지 갖춘 재원이었다. 대기업에 취직할 충분한 능력이 있는데도 통일운동을 끝내 포기하지 않고 있는 성실한 후배였다. 재현의 아내도 통일운동을 하다가 결혼한 뒤에는 학습지 선생으로 생활을 꾸렸다. 재현은 출산을 앞두고 있으면서 궁핍한 생활에 대해 내게 입도 벙긋하지 않았지만, 나는 그 어려움을 충분히 짐작했다. 성실하게 운동을 하면 할수록 생활은 곤궁해지는 것을…….

"그럼 어떡하나? 병원 갈 돈도 없다는데?"

내가 붙잡고 하소연할 수 있는 사람은 이 세상에 아내가 유일했다. 아내가 내 말을 들어주지 않으면 재현은 빈손으로 아기의 탄생을 보고 있을 수밖에 없었다. 재현이나 그의 아내나 둘 다 냉골방의 짚더미 위에서 아이를 낳을지언정 친정이나 본가에 손을 벌릴 위인들이 아니었다. 그들을 견디게 하는 것은 자존심이었다. 하지만 자존심보다 현실은 더욱더 냉혹했다. 협의회의 상임의장들도 간사들의 활동비를 마련해 주질 못해서 늘 미안하다고 했지만

was in utter despair facing the reality that I couldn't come up with the small amount of money to pay the activities allowances for my three staff members, an amount that would only cover their transportation. Jae-hyeon, in charge of external relations, was about to have his first baby. I called here and there, but couldn't find any money anywhere. As a last ditch effort, I called my wife and explained the situation.

"I'm exhausted, too. I'd like to take a rest at home. I want to live like an ordinary housewife, helping our children with their homework!"

I shut up after hearing my wife's complaint flow from the receiver. I shifted the receiver from my right hand to my left. My wife was teaching Korean at a cram school. She had been teaching at cram schools ever since we got married. I shamelessly asked for money from my wife who had been having a hard time thanks to me, a so-called unification activist. Jae-hyeon was a gifted person with a degree in foreign relations, and even had the skill to be a simultaneous interpreter. Although he had more than enough ability to be hired by a large company, he persisted in devoting his life to the reunification movement. Jae-hyeon's wife had to

책임은 지지 않았다. 결국엔 상임의장들보다 더 수입이 없고 가난한 내가 책임을 질 수밖에 없는 노릇이었다. 내가 넉넉하기만 하다면 문제일 것도 없었지만 나 역시도 늘 주머니가 비어 있는 상태였다.

"그럼 어떡해? 애는 낳아야지. 좀 봐주라 응?!"

아내는 다른 사람의 아픔에 쉽게 고개를 못 돌리는 체질이었다.

"아우, 못 살아. 불러!"

아내가 버럭 소리를 질렀고 나는 통장의 계좌번호를 더듬더듬 불렀다. 아내는 카드 세 개의 현금서비스를 모두 받아 내게 송금했다. 은행에서 그 돈을 찾는데 머리 꼭대기에서 열이 끓어오르기 시작했다. 그 돈을 찾아 재현의 활동비라며 사무차장한테 넘겨주고 사무실에서 나왔다. 어디로 갈까? 아내의 부탁대로라면 집으로 돌아가 아이들의 숙제를 봐줘야 했지만, 화가 나서 도무지 견딜 수가 없었다. 부글부글 끓는 속을 어쩌지 못하고 네거리 갈림길에서 멍하니 서 있는데 바로 앞에 지하철역이 보였다. 지하철을 타고 집으로 가면 되는데 선뜻 내려가질 못하고 밀려오고 밀려가는 사람들과 자동차들을 망연하게 바라보았다. 그때, 주머니 속에서 휴대폰이 울렸다. 전화를 받

quit her career as a union activist after their marriage and had been working as an afterschool tutor for grade school students to earn a living. Although Jae-hyeon was expecting a baby, he never mentioned his desperate circumstances to me, but I could see what he was up against. The harder and more devotedly one worked for the movement, the poorer one got...

"What should I do? He says he doesn't even have money for the hospital..."

My wife was the only person in the world to whom I could appeal. If my wife refused my plea, Jae-hyeon would have to watch the birth of his baby empty-handed. Neither Jae-hyeon nor his wife would ask for money from their parents even if she had to give birth on a bed of straw in an icy room. They could persist in such a hard life only out of pride. But reality was more cold-hearted than pride. The executive directors of the Council were always apologizing for not raising enough money to provide activities allowances for the staff, but they didn't take full responsibility. At the end of the day, I was always the one—though making much less than the directors, and therefore poorer—who took charge of raising the funds. This wouldn't have

으니, 연체대금을 갚으라는 카드사의 독촉이었다. 작년 추석에 간사들의 떡값 마련을 하느라 현금서비스를 받고 그것도 모자라 카드깡까지 했는데 그 대금을 아직도 못 갚고 있다. 국회의원인 상임대표는 돌김 한 세트를 선물이랍시고 보내왔다. 김을 받은 간사들의 실망은 이만저만이 아니어서 그대로 있을 수가 없어 생활정보지를 뒤져 종로5가에서 테헤란로까지 가서 카드깡을 받았다.

후우— 길게 한숨을 내쉬며 휴대폰을 주머니에 넣는데 또 울렸다. 받지 않고 그냥 주머니에 넣었다. 주머니 속에서 휴대폰은 마냥 울렸다. 그러다 제풀에 지쳐 그치는가 싶더니 또 울렸다. 그러기를 다섯 번이나 반복했다. 잠시 후에는 '딩동' 하며 메시지가 도착했다는 신호가 신경을 긁었다. 휴대폰을 진동으로 바꾸고 주머니에 넣었다. 넣자마자 주머니 속에서 휴대폰이 부르르 떨었다. 참을 수가 없어진 나는 휴대폰을 아스팔트 위에다 내팽개쳐 버렸다. 휴대폰은 박살이 났고 나는 미련 없이 돌아섰다. 그러곤 실상사로 내려왔다. 실상사에 와도 뾰족한 수가 생기는 것은 아니었지만 다만 세상을 벗어나 혼자 있고 싶었다. 내가 실상사에서 홀로 고독을 즐길 때 아내는 일상의 쳇바퀴 속에서 벗어나지도 못하고 학원에서는 학생들과

been a problem if I had been wealthy, but I was always just as empty-handed as my staff members.

"What should I do? The baby has to come out, right? Please help me, will you?"

My wife was the kind of person who couldn't simply turn away from other people's troubles.

"For goodness' sake! Give me the number!" she yelled abruptly, and I stammered the bank account number. She got cash advances from all three of her credit cards and transferred them to the bank account of the Council. While withdrawing that money at the bank, I began feeling angrier and angrier. After handing the money over to the assistant secretary, and asking him to give it to Jae-hyeon as his activities allowance, I left the office. *Where should I go?* I had to go home and help my children with their homework as my wife asked me to, but I was too angry to simply go home. While standing absentmindedly at an intersection, not knowing what to do with my boiling rage, I saw a subway station right in front of me. Although I just had to take the subway home, I couldn't go downstairs to the station. I simply stared at people and cars milling around everywhere. My cell phone rang in my pocket. It was a call from a credit card com-

집에서는 아이들과 씨름하고 있을 터였다. 아내한테 몹시 미안했다.

"이랴, 이랴! 워― 워―! 어허, 어디로 가?!"

호된 고함소리에 몸을 일으켰다. 몸을 반쯤 세우고 고개를 돌려보니 산에서 조금 떨어진 논에서 소를 이용해 쟁기질을 하고 있는 농부가 보였다. 천천히 걸어 그쪽으로 갔다. 참새 한 마리가 날아 숲으로 갔다. 나는 논둑에 쪼그리고 앉아 농부와 소를 구경했다. 어린 시절에 너무나 많이 봐 익숙한 풍경인데도 아주 낯설게 느껴졌다. 가만히 보니 쟁기를 끄는 소가 제대로 말을 듣지 않고 옆으로 새려고만 들었다. 쟁기질을 하다가도 문득 멈추고 한참 딴짓을 해댔다. 화가 난 농부가 회초리로 등짝을 후려쳐야 앞으로 나갔다. 한 이랑을 파고 논둑 가까이 도착하면 소는 쟁기질할 방향으로 가지 않고 논둑에 있는 쑥에만 관심을 보였다. 그렇다고 쑥을 많이 먹는 것도 아니었다. 그저 엉뚱한 곳으로만 내뺐다. 소의 생김을 보니 아직 황소처럼 여물지를 못했다. 엉덩이에 '초보운전'이라고 명패를 붙여야 어울릴 것 같았다. 농부는 고삐를 놓고 담배를 꺼내 물었다. 그 틈에 소는 논둑으로 달려가 쑥을 뜯었다. 농부는 담배 연기를 뿜어내며 그저 허허 웃고 말았

pany demanding that I pay off an outstanding balance. Not only had I gotten a cash advance from the credit card, but I had also used the check-cashing service just before the last Chuseok to pay for the staff's bonus, and I hadn't been able to repay. One of our directors, a parliamentary representative, sent a seaweed gift set as a so-called gift. The staff members were so disappointed at that meager gift that I couldn't just do nothing. I looked through the neighborhood ad paper and went from Jongno-5-ga to Teheran road to find that check-cashing place.

"Whew~." When I was putting my cell phone back in my pocket after a long sigh, it rang again. Without answering, I pushed it deeper into my pocket. It rang in there forever. It seemed to stop eventually, but then began ringing again. This happened five times. A little later a "ding-dong" annoyed me again, announcing the arrival of a message. I put the phone on vibrate and shoved it back in my pocket. Just as I did, the phone began to vibrate. Unable to stand it any longer, I threw the phone down hard on the asphalt road. It shattered into pieces and I turned away from it without hesitation. Then I came to Silsangsa Temple. Although nothing would change just because I was at

다. 나도 웃었다.

"너도 참 징허다. 으찌 그리 뺑돌뺑돌 말을 안 들어? 지발 부탁잉게 요참엔 끝을 보자잉. 요거 한 빼미 가는 거시 고로콤 실흐냐?"

얼굴 전체에 구릿빛 대지의 그늘이 촘촘하게 새겨진 농부가 소를 향해 조곤조곤 타일렀다. 소는 농부의 말이 듣기 싫은지 다른 논둑으로 가 버렸다. 농부의 너털웃음이 담배 연기에 실려 허공으로 사라졌다.

"일허기가 징글징글헌갑시. 나도 그타 이놈아— 사는 게…… 사는 거시제."

농부의 푸념이 가시가 되어 내 가슴을 찔렀다. 얼굴이 화끈 달아오른 나는 슬그머니 몸을 일으켰다. 어디로 가나? 실상사로 돌아가 보광전에 앉아 있을까 하다가 논둑 옆의 도랑을 건너 산으로 올라가기로 했다. 소나무, 상수리나무, 밤나무, 나도밤나무가 서로 어우러진 숲길로 들어섰다.

진달래는 아직 꽃을 피우지 않았다. 숲에는 빈 벌통들이 여기저기 버려져 있었다. 몇 걸음 더 나가니 칡넝쿨이 나도밤나무를 칭칭 감고 휘돌아 올라가는 게 보였다. 칡넝쿨을 잘라줄까 하다가 '내가 무슨 자격으로'라는 생각

Silsangsa Temple, I wanted to be alone, away from the outside world. I knew my wife would be running the rat race, struggling with children both at home and at the cram school while I was enjoying solitude at the temple. I felt really sorry for my wife.

"Giddy up! Giddy up! Wo~wo~! Hey, where are you going?"

Startled by this abrupt shout, sitting halfway up, I turned to see a farmer plowing the rice paddy with an ox some distance from the hill. A sparrow flew into the forest. Perching on the footpath between rice paddies, I watched the farmer and his ox. Although this scene had been familiar to me as a child, somehow it felt strange. Watching carefully, I realized that the ox pulling the plow wasn't listening to its owner and kept trying to go sideways. Sometimes it abruptly stopped plowing and was distracted for a while. It moved ahead only when the angry farmer whipped its back. When the ox approached the footpath after making a furrow, it didn't turn around to keep plowing but was interested only in the moxa along the path. But it didn't really eat a lot of moxa, either. It just kept trying to go astray. It looked like a calf, not a mature ox, and probably should have had a "Student Driver" sign

이 들어 그만 돌아섰다. 몇 걸음 옮기지 않아 다시 고개를 돌려 칡넝쿨에 휘감긴 나도밤나무를 물끄러미 바라보았다. 가슴 깊은 곳에 서늘한 기운이 뭉클 돌았다. '사는 게…… 사는 거시제'라는 농부의 말이 '사(生)는 것이 사(死)는 것이제'로 바뀌어 명치끝을 아프게 찔렀다. 나도밤나무의 메마른 가지를 바람이 살짝 건드리고 지나갔다. '나도밤나무라, 스스로 밤나무라고 주장하는 나도밤나무……라'라고 중얼거리며 산에서 도랑으로 내려왔다. 가재라도 있을까 싶어 유심히 물속을 들여다보다가 화들짝 놀랐다. 도랑의 물 표면에는 칡넝쿨에 칭칭 감긴 나도밤나무가 또렷하게 반사되고 있었다. 그때 산에서 참개구리 한 마리가 도랑 속으로 뛰어들었다. 물결이 일고, 나도밤나무의 형상이 가뭇없이 흔들렸다.

생태뒷간을 막 지나가는데 도법(道法) 스님이 손수레에 썩은 나무를 싣고 약사전 쪽에서 내려왔다. 하는 일도 없이 밥이나 축내고 있다는 생각이 들어 얼른 손수레를 밀었다. 도법 스님은 손수레를 화엄학림 앞의 작은 텃밭으로 끌었다.

"여기가 내 놀이터야." 도법 스님은 텃밭에다 썩은 나

stuck to its butt. The farmer let go of the reins, took out a cigarette, and put it between his lips. Meanwhile, the ox ran toward the footpath and began grazing on moxa. Exhaling cigarette smoke, the farmer laughed as if giving up. I laughed, too.

"You're such a troublemaker! What got into you to be so disobedient? I beg you to please finish this job now! All you have to do is plow just this one paddy. You hate it so much?"

The farmer whose face was densely inscribed with the shadow of the copper colored earth, gently tried to persuade the ox. Perhaps not liking what it was hearing, the ox went toward another footpath. The farmer's guffaw dissipated into the air with the cigarette smoke.

"I guess you really hate to work. I don't like it, either, man! To live... is to live."

The farmer's grumbling pricked my heart like a thorn. My face suddenly flushing, I quietly stood up. *Where should I go?* I thought of going back to Silsangsa Temple and sitting in the Bogwang Building, but changed my mind and decided to climb the mountain past the brook next to the footpath. I entered the trail where oak trees, chestnut trees, and *nado* chestnut trees were standing togeth-

무를 내려놓았다. “나무가 죽으면 썩고, 썩은 나무가 거름이 되고 땅을 살찌우고, 땅은 새싹을 키워. 그게 법이야, 그게.” 목에 건 수건의 끝자락으로 얼굴에 묻은 땀방울을 닦아내면서 도법 스님이 말했다.

도법 스님의 말에는 묘한 울림이 담겨 있다. 말을 앞세우기보다는 몸을 움직여 실천하는 사람만이 가질 수 있는 힘이었고 울림이었다. 얼마 전, 해인사의 거대한 불사(佛事)에 대해 실상사의 수경 스님이 비판의 말을 했었다. 그러자 해인사에서 스님들이 몰려와 쇠파이프를 휘두르며 실상사를 폭력으로 제압하려 들었다. 여기에 대해 실상사의 도법, 수경, 연관 스님을 비롯한 스님들은 조계종단에 만연한 폭력을 참회하는 뜻으로 단식에 들어갔다. 해인사 일부 스님들의 폭력에 대해 폭력으로 맞서는 것이 아니라 비폭력 무저항의 단식으로 스스로를 참회하는 기도를 선택했던 것이다. 도법 스님의 울림은 바로 그런 비폭력 무저항을 실천하는 단식기도에서 도무지 거역할 수 없는 힘으로 울려나왔다. 그 울림 앞에 나는 한없이 초라해지는 자신을 느꼈다. 도법 스님 앞에 서 있기조차 부끄러워진 나는 빈 손수레를 끌고 밭에서 나와 약사전 쪽으로 방향을 틀었다.

er amicably.

Azaleas weren't in bloom yet. Empty beehives were scattered on the ground here and there in the forest. A few steps further on, I saw the vines of arrowroots spiraling up the trunk of a *nado* chestnut tree. I thought of cutting the vines, but turned away, wondering "what right I had" to do such a thing. After a few more steps, I turned around again to stare at the *nado* chestnut tree around which the vines of arrowroots were twining. I felt a chill in my heart and a lump in my throat. The farmer's words, "To live... is to live," turned into "To live... is to die" and caused a painful prickling in the pit of my stomach.[1)] A breeze passed by after lightly touching the tip of a dry branch of the *nado* chestnut tree. Mumbling '*nado* chestnut tree, a tree that claims it is a chestnut tree, too...,' I climbed down to the ditch below the hill.[2)] Looking carefully into the water for a crawfish, I was surprised. On the water's surface was a clear reflection of a *nado* chestnut tree with the vines of arrowroots twining around it. At that moment a leopard frog jumped into the ditch from the hill. There were ripples on the water, and the reflection of the *nado* chestnut tree, shaken, vanished without a trace.

"다 했어. 거기 둬. 차나 한잔 하지."

도법 스님이 장갑을 벗어 먼지를 툭툭 털어내며 말했다. 이제 겨우 일을 거들까 했던 나는 그만 민망해지고 말았다. 내가 슬그머니 손수레에서 손을 떼자 도법 스님이 손수레를 잡았다. 화들짝 놀라 얼른 손수레를 빼앗았다.

"그래 그럼. 조오기 뒷간 뒤에 창고 있지? 거기 두고 내 방으로 와."

"예."

나는 손수레를 끌고 생태뒷간 뒤에 있는 창고로 향했다. 재활용품 분리수거장 옆의 창고에 손수레를 밀어 넣고 돌아서는데, 아까 하얀 옷을 입은 여자가 타고 온 자전거가 보였다. 윤이 반짝반짝 흐르는 새 자전거였다. 손으로 페달을 돌려 봤다. 멈춰 있던 바퀴가 돌기 시작했다. 나는 페달을 힘차게 돌리고 손을 놓았다. 허공에 걸린 바퀴가 쌩쌩 돌았다. 시간이 흐르자 바퀴의 속도가 현저하게 떨어졌다. 다시 자전거 페달을 돌렸다. 속도가 올라가자 자전거 바퀴는 또다시 투명한 동그라미가 되었고, 투명한 동그라미 속에 일순간 세상이 갇혔다.

페달을 놓고 돌아서서 요사채로 들어가는데 문득 담장 옆에 핀 하얀 매화가 눈에 띄었다. 왜 아까는 못 보았을

When I was passing by the ecological outhouse, I ran into Reverend Dobeop coming down from the Yaksa Building, pulling a cart full of rotten tree trunks and branches. Thinking I was wasting food idling around at the temple, I eagerly began pushing the cart. Reverend Dobeop took the cart to the small vegetable garden in front of the Hwaeom School.

"This is my playground," Reverend Dobeop said, unloading the rotten tree trunks and branches onto the vegetable garden. "A tree dies and rots, then the rotten tree becomes fertilizer which nourishes the earth, which nourishes a fresh sprout. That's the law, you know," Reverend Dobeop said, wiping sweat from his face with the edge of a towel hanging from his neck.

Reverend Dobeop's words had a strange ring, a power and resonance that only come from someone who practices what he preaches. A little while before, Monk Sugyeong from Silsangsa Temple criticized some large-scale enterprise at Haein Temple. Monks from Haein Temple swarmed into Silsangsa Temple and tried to threaten the monks there with violence, wielding iron pipes. After this incident, monks at Silsangsa Temple, including Monks

까? 꽃송이가 활짝 열린 것을 보니 어제쯤 피었을 것 같은데…… 매화나무 가지를 유심히 살폈다. 잎보다 먼저 꽃을 피우는 봄의 나무들, 아직 열리지 못한 봉오리들이 둥근 콩알처럼 수두룩했다. 곧 꽃이 될 봉오리들, 내일쯤이면 화개(花開)하겠지. 손을 뻗어 꽃봉오리를 매만지려다 도로 거뒀다. 나의 더러운 손때가 오히려 매화에겐 화가 될지도 모르는 일이었다. 매화에서 눈을 떼고 연못가의 산수유나무로 고개를 돌렸다. 산수유나무에도 노란 꽃들이 한창이었다. 나도 모르게 산수유나무를 향해 한 걸음 내딛는데 노란 꽃 틈으로 하얀 옷을 입은 여자가 지나갔다. 횡경막이 떨렸다. 이번에는 망설이지 않고 서둘러 산수유나무로 갔다. 정말 운서일지도 모른다는 생각에 산수유 가지를 벌려 그 여자를 살폈다. 여자는 뒷짐을 지고 종루 속을 들여다보고 있었다. 얼굴을 정면에서 봤으면 좋으련만, 도법 스님한테는 미안하고 죄송스러웠지만 일단 여자의 얼굴을 확인하겠다고 마음을 굳혔다.

다시 여자를 향해 고개를 돌렸다. 아니……? 나는 눈을 의심했다. 찰나의 순간에 여자는 종루 앞에서 사라지고 없었다. 연못가로 뛰어나가 두리번거렸지만 여자는 보이지 않았다. 혹시나 싶어 재활용품 분리수거장으로 뛰어갔

Dobeop, Sugyeong, and Yeongwan, began fasting as penitence for the violence prevalent in the Jogye Order. Instead of countering violence with violence, they chose a prayer of penitence through non-violent and non-resistant fasting. The ring in Reverend Dobeop's words had irresistible power, which came from his non-violent and non-resistant practice embodied in the fasting prayer of the monks of his temple. I felt myself becoming more and more miserable in the presence of that resonance. Feeling ashamed even of standing in front of him, I pulled the empty cart out of the vegetable garden toward the Yaksa Building.

"It's all set. Leave it there. Let's have tea," Reverend Dobeop said, shaking dirt from the gloves he had just taken off. I felt embarrassed as I had been thinking that I was about to really help him then. When I took my hands off the handle of the cart, Reverend Dobeop took it. Surprised, I took it back from him.

"All right, then, please leave it there—look!—Do you see the storehouse behind the outhouse? Come to my room after leaving it there."

"OK."

Pulling the cart, I headed toward the storehouse

지만 그곳에도 여자는 없었다. 자전거도 없어졌나 싶어 봤지만 바퀴만 저 홀로 돌아가고 있었다. 손잡이 브레이크를 잡았다. 끼이익, 소리를 내며 바퀴가 돌기를 멈추었다. 등에서 식은땀이 흘렀다.

"왜 이렇게 늦었어?" 도법 스님이 찻잔에다 더운 물을 채우면서 물었다.

"매화랑 산수유가 예뻐서요." 내가 생각하기에도 대답이 궁색했다. 도법 스님은 더 묻지 않고 찻잔과 수반을 내밀었다. 수반에는 매화가 담겨 있었다. 나는 그 여자와 운서에 대해 골똘히 생각했다. 숨바꼭질을 하는 것도 아닌데, 항상 찰나의 순간에 사라져 버리는 그 여자가 마치 나를 비웃기라도 하는 것 같았다. 나는 이마에 밴 땀을 손바닥으로 닦았다. 수반에 담긴 매화는 만개한 꽃이 아니라 봉오리였다.

"매화차야. 세 송이쯤 넣으면 딱 좋아." 도법 스님이 먼저 매화를 찻잔에 띄웠다.

나도 매화를 집어 찻잔에다 톡 하고 떨어뜨렸다. 더운 물 속에 들어간 꽃봉오리가 활짝 열렸다. 다시 하나를 더 넣었다. 더운물 속에서 화개하는 매화를 보고 있자니 서울을 떠나 실상사로 오기를 참 잘했다는 생각이 들었다.

behind the ecological outhouse. When I was about to turn around after pushing the cart into the storehouse next to the recycling station, I saw the bicycle the woman in white clothes had ridden here a while ago. It was a glossy new bicycle. I turned the pedal with my hand. The wheels began spinning. After forcefully turning the wheels once more, I let go of the pedal. The wheels kept powerfully spinning and spinning in the air. As time passed, they began noticeably slowing. I turned the pedal again. As I turned it faster and faster, the wheels became transparent circles again, trapping the world within them for a moment.

After I left off playing with the pedal, on my way to the living quarters I suddenly noticed white apricot flowers beside the fence. *Why haven't I noticed them before? Judging from the way the flowers were blossoming, they looked like they had begun blooming the previous day...* I looked carefully at the branches of the apricot tree. Spring trees blooming before the leaves emerge... they were full of bean-like buds yet to open. *Buds that would soon become flowers... they would blossom tomorrow...* I stretched out my hand to touch a bud, but stopped short. The dirt on my hand might sully the apricot tree. I

다시 한 송이를 넣으니 매화 세 송이가 알맞게 어울렸다.

"곧장 마셔. 오래 두면 매화가 시들어." 도법 스님이 먼저 찻잔을 들고 한 모금 머금었다.

스님처럼 나도 매화차를 한 모금 마시곤 혀끝으로 굴렸다. 매화 향기가 은은하게 입 안에 퍼졌다. 첫맛은 달콤했고 뒷맛은 쌉쌀했다. "정말 좋은데요?"

"요샌 어때?" 찻잔에 다시 더운물을 채우며 도법 스님이 물었다.

"그냥저냥요." 나는 진심을 다해 대답했다. 정말이지 그냥저냥 그럭저럭 살고 있었다.

"많이 지쳐 보이는데?" 도법 스님이 나를 슬쩍 보면서 말했다.

"많이는 아니구요, 조금요." 가시방석에 앉은 느낌이었다.

속내를 알았는지 도법 스님은 더 묻지 않고 내 앞의 찻잔에 더운물을 더 채워 주었다. 나는 찻잔 속에 담긴 매화를 물끄러미 들여다봤다. 그 여자가, 자전거를 타고 온 여자 얼굴이 매화 속에서 떠올랐다. 눈을 질끈 감았다. 마음이 자꾸만 뜨거워졌다. 매화차가 아니라 오랜 풀무질 끝에 벌겋게 달군 쇳물을 들이킨 것만 같았다. 나는 매화차

glanced away, toward the cornelian cherry near the pond. It was covered with yellow flowers. I was walking toward the cornelian cherry when I saw a woman in white clothes pass by through the gaps between the yellow flowers. My body was trembling. This time I didn't hesitate and hurried straight to the tree. Thinking that she really was Unseo, I parted the branches and looked at her carefully. She was peering into the belfry, her hands clasped behind her back. I wished I could see her face. Although I felt really sorry about making Reverend Dobeop wait, I decided that I had to see her face.

I turned toward her again. *What the...?* I couldn't believe my eyes. In an instant, she was no longer in front of the belfry. She had vanished completely. I ran to the pond and looked around to no avail. I ran to the recycling station just in case, but she wasn't there either. Wondering if the bicycle had disappeared as well, I checked where it had been, but it was still there, still spinning its wheels. I held the hand brake. With a screeching sound, the wheels stopped spinning. I broke into a cold sweat.

"What took you so long?" Reverend Dobeop asked, pouring hot water into a teacup.

"The apricot flowers and cornelian cherry flowers

를 후루룩 마신 뒤 그만 일어나 보겠다고 인사했다. 도법 스님은 간다는 사람을 잡는 법이 없었다. 그게 편했다. 스님 앞에서라면 언제든지 떠날 수 있었으니까. 얼른 방으로 돌아가 반야심경을 필사하면서 자꾸만 뜨거워지는 마음을 식히고 싶었다.

도법 스님의 방에서 나오니 화엄학당 앞에 피어 있는 매화가 내 눈길을 잡아끌었다. 잎이 돋기도 전에 꽃을 먼저 피워 올린 매화는 쌀쌀한 바람 속에서도 자태를 잃지 않고 고고했다. 매화를 바라보며 운서를 생각하고 있는데, 아련하게 '지심귀명례(至心歸命禮)……'가 들렸다. 고개를 돌려 뒤를 보니 아무도 없었다.

지심귀명례…… 이 목숨 바쳐 귀의하며 예배 드리옵니다.

환청인가? 그렇지만 무엇에 귀의하고, 누구에게 예배를 드린단 말인가? 실상사에 와 있지만 아직까지 부처님께 칠정례는커녕 오체투지 삼배도 올리지 않았다. 나는 그 어떤 것도, 심지어는 나 자신까지도 믿지 않았다. 화가 난 사람처럼 거칠게 매화를 따서 입 안에 쑤셔 넣었다. 운서의 얼굴이 구겨져 사라졌다. 나는 매화를 꾹꾹 씹었다.

were beautiful." My answers even sounded ridiculous to me. Reverend Dobeop didn't ask me any more questions, and pushed a flower bowl toward me. There were apricot flowers in it. I pondered the woman I had just seen, and Unseo. Although we weren't playing hide-and-seek, she always vanished all of a sudden. It felt as if she were laughing at me. I wiped sweat off my forehead. The apricot flowers in the flower bowl hadn't fully opened. They were still buds.

"It's apricot flower tea. It's best to put about three buds into the tea." Reverend Dobeop floated an apricot flower on his tea.

I also picked up an apricot flower and dropped it into my teacup. The bud blossomed in the warm water. I dropped another flower. Looking at apricot flowers blossoming in the warm water, I was really glad that I had left Seoul to come to Silsangsa Temple. I dropped another bud, and the three flowers looked beautiful together.

"Drink it right away. If you leave the flowers too long, they wither." Reverend Dobeop lifted his teacup, took a sip, and held the tea in his mouth.

I also took a sip and rolled the tea around my mouth with the tip of my tongue like the reverend

함박눈이 펄펄 날리고 있었다.

스물일곱 살 겨울, 12월 24일 오후에 나는 독방에 갇혀 얼어붙은 창살을 잡고 눈 내리는 풍경을 보고 있었다. 미루나무 마른 가지에 속절없이 쌓이고 있는 함박눈을 바라보며 오래오래 운서를 생각했다. 회오리바람 한줄기가 드높은 담장을 따라 불어왔다. 장엄하게 내리던 함박눈이 느닷없는 회오리바람에 휘말려 미친 듯이 눈기둥을 만들며 미결사동 운동장을 휩쓸며 지나갔다. 창살 틈으로 날마다 보던 모악산도 그날은 보이지 않았다.

"있잖아……"

일주일 전, 면회실 유리창의 저편에서 운서가 어두운 얼굴로 서서 간신히 입을 열었다가 닫았다. 벌써 세 번째의 '있잖아'였다.

"무슨 일 있어?" 답답함을 참지 못하고 유리창의 구멍에다 입을 대고 내가 말했다.

"있잖아……" 운서의 눈에서 눈물이 주르르 흘러내렸다.

깜짝 놀랐다. 도대체 무슨 일이 있길래? 혹시 오빠가 다리를 분질러 버린다고 난리를 피운 것은 아닐까? 지난번처럼 머리를 죄다 깎아버린 것은 아닐까? 모자를 벗어 보라고 말하려다가 꾹 눌러 참았다. 밤송이처럼 삐죽삐죽한

was doing. The flavor of apricot flower gently spread inside my mouth. It was sweet at first and became bitter at the end. "This is excellent!"

"How are you doing these days?" Reverend Dobeop asked, pouring more water into our teacups.

"So-so," I answered sincerely. I really was living a so-so life.

"You look exhausted," Reverend Dobeop said, casting a side-glance toward me.

"I *am* a little." I felt as if I were sitting on a thorny cushion.

Perhaps understanding what I was feeling, Reverend Dobeop didn't press me, but simply poured more warm water into my teacup. I stared at the apricot flowers in the teacup. That woman, the face of the woman who came on a bicycle, appeared over the flowers. I closed my eyes tightly. My heart was getting hotter. I felt as if I had drunk not apricot flower tea, but red-hot molten iron that had been fanned by a bellows for a long time. After quickly drinking up the apricot flower tea, I said good-bye to the reverend. Reverend Dobeop never tried to stop anyone from leaving, which made me feel comfortable. I could always leave him. I des-

애인의 머리를 본다는 것은 상처에 굵은 소금을 뿌리는 것과 같았다.

“괜찮아, 말해.” 유리창을 깨고, 창살을 뚫고 나가 운서의 눈물을 닦아 주고 싶었다.

감옥에 갇힌 것은 하나도 힘들지 않았다. 하지만 운서가 힘들어할 때 바로 곁에 있어 줄 수 없다는 것은 정말이지 지옥이었다. 운서를 만난 이후로 나는 한 번도 운서를 제대로 지켜 주질 못했다. 그것이 참을 수 없을 정도로 아팠다. 사랑하는 사람 하나 지켜 주지 못하면서 무엇을 할 수 있단 말인가……

“병원에 다녀왔는데, 삼 개월이래.” 운서가 말했다.

…… 각목이 내 뒤통수를 사정없이 후려치는 느낌이었다. 눈에서 불이 번쩍 튀었고, 세상이 일순간 어두워졌다. 갑자기 머릿속이 하얗게 텅 비어 갔다. 다리도 후들거렸다. 일 년이 넘는 긴 수배 기간 동안 내가 운서를 만난 것은 딱 세 번이었다. 형사들은 언제나 운서의 뒤를 미행했고, 심지어는 운서의 어머니도 감시했다. 마지막으로 만난 것은 운서가 요행히도 형사들을 따돌리고 공단 근처의 내 자취방으로 왔을 때였다. 나는 다른 사람의 주민등록증을 위조해 봉제공장에 취직하여 일을 하고 있던 중이었

perately wanted to go back to my room and cool my heart, which was uncontrollably getting hotter, by copying the Heart Sutra.

When I came out of Reverend Dobeop's room, the apricot flowers blooming in front of the Hwaeom School caught my attention. Covered with flower blossoms before their leaves appeared, the apricot trees looked proud in their loneliness, standing elegantly even in a chilly breeze. While looking at the apricot flowers and thinking about Unseo, I could hear "Jisimgwimyeongrye..." far away. I turned around and looked behind. There was nobody there.

Jisimgwimyeongrye... I believe and pray with all my heart and soul.

Had that been an auditory hallucination? What did I believe, and to whom was I praying? Although I was staying at Silsangsa Temple, I had yet to offer the kowtow, let alone the Chiljeongrye bow, to the Buddha. I didn't believe in anything, even myself. I picked an apricot flower and crammed it into my mouth like an angry man. Unseo's face became crumpled and disappeared. I chewed the flower firmly.

다. 공단의 그 쪽방에서 우리는 뜨겁게 몸을 섞었다. 어느 가을밤이었다. 그로부터 이틀 후 나는 공장 정문에서 기다리던 형사들에게 체포되었다.

"낳자." 내가 할 수 있는 말은 이것이 전부였다.

"나, 스물한 살이고, 삼 학년이야. 알지?" 운서의 목소리가 왠지 단호하게 느껴졌다. "낳을 수 없어."

이게 무슨 소리인가? 아직도 밖에는 바람이 불고 있을까? 12월의 바람에 드높은 담장 밖에 높이 서 있던 미루나무의 마른 가지가 마구 흔들리던 풍경이 뇌리 저편에서 떠올랐다.

"그럼?" 내가 물었다.

12월의 바람은 거칠고 사나웠다. 운서는 고개를 푹 숙이고 생각에 잠겨 있었다. 열아홉의 어린 나이에 나를 만나 사랑의 달콤함보다 씁쓸함을 먼저 알아 버린 운서를 위해 지금 내가 할 수 있는 일은 무엇일까? 바람에 흔들리던 미루나무와 희고 높고 쓸쓸한 교도소의 담장과 12월의 하늘을 날던 까치의 풍경을 편지에 쓰는 일 외에 무엇이 있을까? 나는 심한 무기력증을 느끼며 초조하게 운서의 대답을 기다렸다. 운서와 나 사이에 놓여 있는 유리벽만큼 완고한 침묵이 접견실을 가득 채웠다.

The snow was coming down hard in large flakes.

On the afternoon of December 24th during the winter when I was twenty-seven, I was looking at the snowy scenery outside, gripping the frozen iron bars in front of the window of a solitary cell in prison. Staring at the large snowflakes helplessly accumulating on the bare branches of a poplar, I was thinking about Unseo for a long time. A whirlwind was blowing along the tall fence. Roiled in this sudden whirlwind, the fleece of magnificently descending snow was making snow columns like crazy and sweeping by the playing field in front of the jail for unconvicted prisoners. Mt. Moak, which I saw everyday through the window, was invisible.

"By the way..."

A week before, her face darkened, Unseo barely managed to open her mouth behind the window of the visiting room. That was her third "by the way..."

"What's the matter?" I asked through the hole in the window, unable to stand the suspense.

"By the way..." Suddenly, tears were flowing from Unseo's eyes.

I was alarmed. *What on earth was the matter? Perhaps her brother made a fuss, threatening to break her legs? Maybe he had her head completely*

"……수술할 거야." 잠시 후 힘겹게 운서가 입을 열었다.

가슴이 서늘해졌다. 아무 말도 할 수 없었다. 고개를 들어 하늘을 쳐다보았다. 회색의 단조로운 시멘트 천장에 파리 한 마리가 날아다녔다. 무슨 말이든 해야만 한다는 강박관념에 사로잡힌 나는 오래도록 알맞은 말을 찾아 파리의 뒤를 좇았다. 다시 운서를 바라보았다. 나는 침으로 입술을 살짝 적셨다. 중요한 것은 순정을 전달하는 일이었다. 순정이 아닌 다른 마음과 말들은 모조리 거짓이었다. 지금 이 순간, 반드시 필요한 것은 위로가 아니라 순정이었다.

"우리한테 온 생명이야, 낳아야 해." 순정을 다해 말했다.

"형은 무책임해. 교도소에 갇혀 있으면서 날더러 낳으라고? 낳으면 어쩔 건데? 내가 학교 그만두면, 형은 운동을 그만둘 거야?" 운서가 눈물을 흘리면서 따지고 들었다.

한 번도 운동을 그만두라는 말을 해본 적이 없는 운서였다. 그만큼 홀로 견디는 게 고통스러울 터였다. 운서의 고통을 알면서도 나는 속수무책이었다. 무어라 할 말이 없어서 나는 입을 다물었다. 어쩌면 약간의 충격을 받았는지도 몰랐다. 속으로 연애를 하지 말았어야 한다는 생각이 들었다. 이런 나쁜, 나는 얼른 고개를 흔들어 그 생

shaven like before? I thought of asking her to take off her hat, but decided not to. Looking at my girlfriend's head, spiky like a chestnut burr, would be like rubbing salt into my wounds.

"It's OK. Please tell me." I so wanted to break the window, go through the bars, and wipe away her tears.

It wasn't at all hard to be imprisoned. But it was really like being in hell not to be able to be beside Unseo when she was having a hard time. Ever since I met her, I was never able to really take care of her. That was really unbearably painful. *What could I do when I couldn't even take care of my lover...*

"I've been to a hospital. I'm three months pregnant." Unseo said.

...it felt as if the back of my head had been suddenly thrashed with a two-by-four. Lights were flickering in front of my eyes, and the world darkened instantly. My brain went white and blank. My legs were crumpling. For more than a year, the long period during which I was wanted by the police, I had met Unseo only three times. Plainclothes detectives were always shadowing her. They were even shadowing her mother. I last met Unseo when she was luckily able to shake off the detectives and

각을 떨쳤다.

"자, 이제 정리합시다." 교도관이 모자를 쓰며 일어섰다.

교도관을 흘깃 본 뒤에 다시 운서를 쳐다보았다. 운서의 표정은 석고 비너스처럼 창백하고 차가웠다.

"책하고 영치금 넣었어, 갈게." 교도관이 내 팔을 잡아끌자 운서가 서둘러 말했다.

교도관한테 끌려 면회실에서 나오면서 돌아보니 운서는 울며 손을 흔들었다. 쓸쓸하게 흔들리던 그 손…… 독방으로 돌아오는 길에서 나는 자꾸만 발을 헛디뎠다. 독방으로 돌아온 나는 교도소에 갇혀 있는 자신이 한없이 초라하게 느껴져서 시퍼런 법무부 이불을 뒤집어썼다. 밥도 먹지 않고 통방(通房)도 하지 않자 다른 방에 있는 동료들이 무슨 일이 있냐며 자꾸 물었다. 다만 혼자 있고 싶을 뿐이라며 방해하지 말라고 부탁했다.

운서는 그러고 나서 일주일 내내 면회를 오지 않았다. 폐방(閉房)을 할 때까지 운서를 기다리느라 내 마음은 점점 사막으로 변해 갔다. 교도관이 방마다 철문을 잠그고 나서야 그날 하루의 긴긴 기다림을 마칠 수 있었다. 일본어와 영어 공부도 작파했고, 날마다 부치던 편지도 중단했다. 나는 하루 종일 철문의 작은 철창 앞에서 서성거렸

come to my room near the industrial complex. I was working at a sewing factory after getting a job there with a fake ID. In that tiny room in the industrial complex, we passionately made love. It was an autumn night. Two days later I was arrested at the front gate of the factory. Detectives were waiting for me.

"Let's have the baby," was all I could say.

"I'm twenty-one and a junior. You know that, right?" Unseo's voice somehow sounded decisive. "I can't have the baby."

What is she talking about? Is the wind still blowing outside? In my mind, I saw the bare branches of a tall poplar outside the towering prison fence randomly trembling in the December wind.

"So?" I asked.

The December wind was rough and harsh. Bowing her head deeply, Unseo was lost in thought. *What can I do at this moment for Unseo, who has only experienced the bitterness of love before its sweetness ever since she met me at the young age of nineteen? What else is there for me to do other than write about the poplar shaking in the wind, the white, lofty and lonely prison fence, the magpies flying in the December sky?* Feeling totally helpless, I

다. 날마다 오던 운서의 편지마저 끊기자 불안은 극도로 커져만 갔다. 세면장에서 사소한 일로 조직폭력배들과 싸우다 턱을 맞는 바람에 이가 흔들리기도 했다. 일주일이 칠백 년의 세월처럼 느리고 길게 흘러갔고 크리스마스이브가 되었다. 아침에 눈꽃이 하얗게 피어 있는 미루나무 꼭대기 위에서 까치가 울었다. 나는 뼁끼통 창살에 붙어서 하염없이 쏟아지는 눈을 보며 운서를 기다렸다. 점심시간이 되었고 나는 식사를 거절했다. 교도관이 어찌하여 사흘째 굶느냐고 꼬치꼬치 캐물었다. 나는 오히려 담배나 한 개비 달라고 말했다. 담배 대신에 보안과장이 와서 슬쩍 쳐다보았다. 오후 세 시가 지날 즈음에 나는 기다림을 끝내고 『안나 카레니나』를 펼쳤다. 두 페이지쯤 읽자 교도관이 와서 이름을 부르며 철문을 열었다. 행복했다. 면회실에 들어서니 창살 저편에 운서가 서 있었다.

"일찍 좀 오지, 하루 종일 기다렸잖아?" 나는 투정부터 부렸다.

"……" 운서는 내게서 고개를 돌렸다.

"왜에?" 나는 운서의 눈치를 살폈다.

"……병원에 갔다 오느라 늦었어." 운서가 내 눈길을 피하며 말했다.

was anxiously awaiting Unseo's answer. Silence as obstinate as the glass wall between Unseo and me was filling the visiting room.

"...I'm going to get an abortion," Unseo barely managed to say a moment later.

I felt a chill in my heart. I couldn't say anything. I raised my face and looked at the sky. A fly was buzzing all over the monotonous gray cement ceiling. Feeling the urge to say something, anything, I was following the fly with my eyes, searching for appropriate words. I looked at Unseo again. I licked my lips slightly. What was important was to convey my sincerity to her. Any words that didn't come straight from my heart would be lies. What she needed right at that moment was not comfort but my sincerest feelings.

"It's life that was given to us. We have to give birth to it," I said with all my heart.

"You are irresponsible. You're in prison and you tell me to have that baby? So if I give birth to it, what can we do? If I give up school, then will you give up activism?" Unseo protested, crying.

Unseo had never before told me to give up activism. It must have been so hard for her to endure everything all by herself. Although I knew

"병원에 왜?" 불안이 현실로 바뀌고 있는 것을 느꼈다.

"수술했어." 운서의 말이 면회실을 떠돌았다.

눈앞이 뿌옇게 흐려졌다. 먹구름이 몰려와 나를 휘감았다. 호흡이 점점 가빠왔다. 나는 유리창에다 머리를 쿵쿵 박았다. 깜짝 놀란 교도관이 얼른 내 몸을 뒤에서 껴안았다. 나는 거칠게 교도관을 뿌리쳤다.

"그러지 마. 이미 늦었고, 나 많이 아파. 쉬고 싶어." 면회 시간이 아직 많이 남았는데도 운서가 돌아섰다.

"운서야, 운서야!"

소리쳐 불렀지만 운서는 그대로 면회실에서 나가 버렸다. 독방으로 돌아온 나는 시멘트벽에다 머리를 쿵쿵 박으며 절규했고 울었고 스스로를 저주했다. 반성문이라도 쓰고 당장 나가 운서에게 미역국이라도 끓여 먹이고 싶었다. 처음으로 운동을 한다는 사실에 대해 후회했다. 운서 혼자 산부인과 병원에서 수술 받는 장면을 떠올리며 가슴을 쥐어뜯었다. 이토록 큰 죄를 어찌할 거나? 나는 법무부 이불 속에서 병든 짐승처럼 꺼이꺼이 울었다. 그렇게 이틀을 지내자 사동 담당 교도관의 보고에 보안과 사무실로 불려 갔다. 보안과장은 커피 한 잔과 담배 한 개비를 내밀었다. 나는 고개를 저었다. 다만 변호사를 불러 주든가 아

Unseo's pains, I was entirely helpless. Not knowing what to say, I kept my mouth shut. I was probably a little in shock. I was thinking I shouldn't have been in a relationship. *How bad!* I immediately shook off that thought.

"Well, well, let's wrap it up." The prison guard stood up, putting on his hat.

After casting a sideways glance at him, I looked at Unseo again. Her expression was pale and cold like that of a plaster Venus.

"I left some books and money. Bye," Unseo hurriedly said when the prison guard was dragging me away by my arms.

When I turned around on my way out of the visiting room, still being dragged by the prison guard, I saw Unseo waving and crying. Her hand waving, lonely... on my way back to my solitary cell, I kept stumbling. After returning to my cell, I felt my imprisoned self to be so infinitely small that I pulled the bright blue Justice-Department blanket up over my head. As I neither ate nor communicated with others, fellow inmates in other rooms kept asking what was the matter. Saying that I only wanted to be left alone, I begged them not to bother me.

Unseo didn't come to see me for a week after that

니면 검사를 만나게 해달라고 요청했다.

새해가 밝았고 운서가 면회를 왔을 때 반성문을 쓰겠다고 말했다. 운서의 눈이 동그랗게 커졌다. 운서는 고개를 옆으로 돌리고 잠시 생각에 잠겼다. 나는 어서 빨리 감옥에서 나가 운서와 함께 이 겨울을 보내야 한다는 생각에만 빠져 있었다. 반성문을 검찰에 제출하면 석방될 수 있다는 희망에 부풀었다.

"나 때문이라면 쓰지 마. 형이 선택한 일이니까, 형은 잘 견디겠지만 아마도…… 내가 견뎌내지 못할 거야. 나를 나쁜 년으로 만들지 마."

저녁 예불을 알리는 종소리가 은은하게 퍼졌다. 나를 나쁜 년으로 만들지 마, 나를 나쁜 년으로, 나를…… 종소리에 운서의 그 말이 담긴 느낌이었다. '아니다. 종소리는 종소리일 뿐이다.' 이렇게 몇 번이나 스스로에게 다짐을 해서야 간신히 종소리를 종소리로 들을 수 있었다. 종소리의 여운이 길게 퍼지고 있을 때 예불에 참석할 것인지 아니면 방에 엎드려 반야심경을 필사할 것인지에 대해 고민했다. 나는 또다시 갈림길에 선 것이었다. 사부대중이 모두 참석하는 예불은 아무래도 부담스러워 반야심경에

last visit. Waiting for Unseo until lights-out every day, my heart was gradually turning into a desert. I could end my daylong waiting only after the prison guard finished locking the cell doors one after another. I gave up my study of Japanese and English, and I stopped writing letters, which I had been writing every day until then. All day long I lingered in front of the small steel-barred window of the iron door of my cell. As Unseo's daily letters had stopped coming, I became more and more anxious. I fought with mobsters in the bathroom for a trivial matter and got hit in the jaw, winding up with a loose tooth. A week was dragging by slowly and lengthily as if it were seven hundred years. Then Christmas Eve came. In the morning, a magpie cried from the top of the poplar covered with snowflakes like flowers. Clinging to the iron bars in front of the window above the toilet, I waited for Unseo while staring at the snowflakes pouring down. Lunchtime came and I refused to eat my lunch. The prison officer questioned me why I hadn't eaten for three days. Rather than answer, I asked for a cigarette. Instead of a cigarette, the security chief came by to take a peek at me. Around 3 PM I stopped waiting and opened *Anna Karenina*. After I read a couple

몰두하기로 했다. 이번에는 선택하는 시간이 짧아 좋았다. '관자재보살 행심반야바라밀다시 조견오온개공 도일체고액'을 꾹꾹 눌러쓰고 뜻을 새겼다. '……일체의 괴로움을 건넜다.'

그런데 혹시 그 여자도 예불에 참석하지 않을까? 지금 법당에 가지 않는다면 그 여자를 확인할 수 없을 것이라는 생각에 애초의 선택이 마구 흔들렸다. '아니야, 반야심경을 필사하자'라고 결심하고 책에 눈길을 던졌다. 하지만 반야심경은 반야심경인데 반야심경은 흔적도 없이 사라져 눈에 보이질 않았다. 글자를 그대로 베껴 쓰는 것은 가능했지만 무슨 글자인지 뜻은 무언지 전혀 새길 수가 없었다. 반야심경의 글자 속에서 여자가 실상사 여기저기에서 불쑥 나타났다가 사라지기를 반복했다. 가슴이 답답해지더니 숨통이 콱 막혔다. 공책과 만년필과 반야심경을 덮어 버리고 서둘러 신발을 신었다.

먼저 여자가 여전히 실상사에 있는지 확인하러 서둘러 재활용품 분리수거장으로 달려갔다. 자전거가 보이자 후우, 숨통이 트였다. 여자가 아직 실상사를 떠나지 않았다는 것을 두 눈으로 확인하자 한결 마음이 편안해졌다. 산수유나무를 지나 경내로 들어서니 화엄학림에서 나온 스

of pages, a prison guard came and called my name, opening the steel door. I was happy. I entered the visiting room to find Unseo standing on the other side of the steel bars.

"Why couldn't you come earlier? I've been waiting for you all day," I began complaining.

Without answering, Unseo turned her head away.

"Something wrong?" I studied her face.

"I've been to the hospital," said Unseo, avoiding my glance.

"Hospital, why?" I felt my worry turning into reality.

"I've had an abortion." Unseo's words were floating in the visiting room.

Things became hazy. Dark clouds swarmed and encircled me. I became short of breath. I banged my head on the window. Surprised, the prison guard quickly clasped my body from behind. Wildly, I shook off the guard.

"Don't. It's too late. I'm in a lot of pain. I'd like to take a rest." Although we had much more time left for the visit, Unseo turned around.

"Unseo! Unseo!" I cried after her, but she walked straight out of the room. After returning to my solitary cell, I cried and shouted, banging my head on

님들이 중묵 스님의 방 앞을 지나 보광전으로 걸어가는 게 보였다. 나도 슬금슬금 몰려오고 있는 땅거미를 밟고 발길을 보광전으로 돌렸다. 보광전 앞의 삼층석탑에 다가갈 즈음, 칠성각에서 절을 하고 있는 여자가 눈에 띄었다. 좁은 칠성각 안에서 여자는 하염없이 절을 되풀이했다. 오체를 던져 몸을 최대한 낮추고 다시 손바닥을 뒤집어 경배하는 자세를 아주 천천히 되풀이하는 여자를 나는 석탑 뒤에 숨어서 정신없이 바라보았다. 아직까지 한 번도 여자의 얼굴을 정면에서 확인한 적이 없어서 더욱 궁금했다.

"여기서 뭐 해요?" 깜짝 놀라 돌아보니 중묵 스님이 합장을 했다.

"아, 예에. 그, 그냥요." 나는 말을 더듬고 말았다.

"저녁 공양은 하셨어요? 안 보이던데?"

"예, 했어요." 나도 모르게 거짓말이 튀어나왔다.

중묵 스님은 더 이상 말을 하지 않고 곧장 보광전으로 들어갔다. 나는 중묵 스님이 보광전에 들어간 것을 확인하고 칠성각을 향해 조심스레 발걸음을 내디뎠다. 어느덧 가람은 어둠 속에 희끗희끗하게 파묻혔다.

"지심귀명례—"

보광전에서 목탁 소리에 실린 스님들의 예불문이 흘러

the cement wall and cursing myself. I felt like even writing a letter of apology to the authorities and getting out of prison to cook seaweed soup for Unseo. For the first time in my career, I regretted that I chose to be an activist. Imagining Unseo getting an abortion all alone on a gynecologist's table, I tore at my chest. *What was I going to do with such a great sin?* I cried out loud like a sick animal under my Justice-Department blanket. After two days, I was summoned to the security office, after the prison officer had reported on me. The security chief offered me a cup of coffee and a cigarette. I shook my head. I simply asked him to call my lawyer or have me meet the prosecutor.

The New Year came, and when Unseo came to see me, I told her I was going to write a letter of apology to the authorities. Her eyes widened. Averting my gaze, Unseo pondered this for a while. I was thinking only of getting out of prison and spending that winter with her. I was full of hope that I could be released if I submitted a letter of apology.

"Don't write it if it's for me. You might be able to bear it since you chose to do it, but probably... I wouldn't be able to stand it. Don't make me a bad

나왔다. 이제 여자는 보광전에서 흘러나온 목탁 소리에 따라 절을 올리기 시작했다. 나는 기어이 여자의 얼굴을 확인하고 말겠다고 다짐했다. 만일 운서라면, 칠 년 만의 해후가 되는 셈이었다. 헤어지는 순간까지 치사하고 더러운 꼴만 보였다. 지난 칠 년 동안 나는 운서를 잊기 위해 몸부림쳤다.

"지심귀명례— 대지문수사리보살 대행보현보살 대비관세음보살……"

일곱 번 중에서 다섯 번째 지심귀명례였다. 그랬다. 누군가를 사랑하면 목숨을 걸고 해야 하는 걸로 알고 살았다.

"여기서 죽어 버릴 거야."

베란다로 뛰어나가며 나는 소리쳤다. 진정으로 십일 층의 아파트에서 뛰어내리고 싶진 않았다. 그것은 일종의 협박이었다. 운서는 현관문을 열려다 말고 참혹한 표정으로 나를 쳐다보았다. 사랑은 끝났고 집착만 남았다. 나도 이 몸부림이 집착이라는 것을 충분히 알았다. 운서 옆에는 커다란 여행용 가방이 놓여 있었다. '제발 나를 잡아줘!' 이런 심정으로 운서를 바라보았다.

"뛰어내리면 어쩔 건데? 끝까지 나를 나쁜 년으로 만들

girl!"

The tones of the evening bell were spreading gently. *Don't make me a bad girl. Don't make me a bad girl. Don't make me... Don't...* It felt as if Unseo's words were being carried in the ringing sound. *No, the sound of a bell is simply the sound of a bell.* After telling myself that many times, I could finally manage to hear the sound of the bell as just that. While the bell's tones were spreading and lingering for a long time, I was having trouble deciding whether I should attend the evening rite or keep on crouching down and copying the Heart Sutra in my room. I was at a crossroads again. Because the rite, which all priests and believers attend, felt burdensome, I decided to devote myself to the Heart Sutra. I liked that it didn't take long for me to choose that time. Writing "Gwanjajaebosal Haengsimbanyabaramildasi Jogyeonoongaegong Doilchegoaek," pressing down hard, I thought of their meaning. "...leaving all suffering behind."

By the way, wouldn't she attend the rite? I became completely uncertain about my initial choice, thinking that I couldn't find out about her unless I went to the main building right then. I glanced at the

겠다고? 넌 정말 나쁜 놈이야. 내 앞에서 죽어서 어쩌겠다고? 평생 죄책감을 안고 살아가라고? 어쩌면 그렇게 끝까지 이기적일 수 있니? 나쁜 자식!"

"그래, 난 나쁜 놈이야."

나는 베란다에 발을 걸쳤다. 팔에다 힘을 주고 철봉을 하듯이 몸을 일으키면 추락할 터였다. 잠시 행동을 멈추고, 운서가 와서 잡아 주기를 간절히 기다렸다. 현관문이 열리고 운서가 나가면 즉시 뛰어내리겠다고 다짐하고 다짐했다. 죽고 싶지 않아서 나는 사시나무처럼 몸을 떨었다.

제발, 나를 잡아줘, 운서야.

간절한 기도가 통했는지 운서가 돌아와 내 팔을 잡아끌었다. 안심하고 돌아서는데 순간, 눈에서 불이 번쩍 튀었다. 운서의 손이 내 따귀를 연신 올려붙였다. 나는 운서한테 맞으며 소파에 앉았다. 운서가 나를 잡았다는 사실만이 중요했고, 행복했다.

"맘대로 해, 맘대로! 나쁜 자식아! 죽든지 살든지 맘대로 하라고!" 저주에 가까운 욕설을 퍼붓고 운서는 돌아섰다.

단호하게 현관문을 열고 가 버렸다. 현관문이 쾅 하며 닫히자 관 뚜껑이 닫히는 느낌에 사로잡혔다. 그리고 정적이 이어졌다. 운서는 나를 남겨두고 가 버린 것이었다.

book, making up my mind, *No, I'll copy the Heart Sutra.* But, although the Heart Sutra was the Heart Sutra, it disappeared completely and I couldn't read it. I could copy the letters, but I couldn't understand their meaning at all. The image of the woman kept on abruptly appearing here and there in Silsangsa Temple overlapping with the letters of the Heart Sutra. I was feeling more and more oppressed until finally I felt completely stifled. Closing my notebook, shutting the Heart Sutra, and putting down my pen, I hurriedly put on my shoes.

Then I rushed immediately to the recycling station to find out if she was still at the temple. The bicycle was still there. I could breathe again. Because I had confirmed with my own eyes that she hadn't left the temple yet, I felt much more at ease. When I entered the temple grounds beyond the cornelian cherry, I saw monks who had come out of the Hwaeom School passing by Reverend Jungmuk's room as they headed toward the Bogwang Building. I turned toward the Bogwang Building, too, stepping through the dusk that was gently approaching. When I neared the three-story pagoda in front of the Bogwang Building, I could see her bowing in the Chilseonggak Building. She kept on bowing in

채깍 채깍 채깍, 벽시계의 초침 소리가 천둥처럼 크게 들려왔다. 나는 소파에서 일어났다.

"사리자 색불이공 공불이색 색즉시공 공즉시색 수상행식 역부여시……"

보광전에서 반야심경이 흘러나왔다. 칠성각 안의 여자도 '아제아제 바라아제……'를 음송하며 반듯하게 서 있다. 이제 곧 예불이 끝나면 여자도 칠성각에서 나올 터였다. 여자와 정면에서 부딪치지 않으려고 뒤로 조금 물러섰다. 서탑 근처로 물러섰을 때 보광전에서 스님들이 나오기 시작했다. 나는 탑신에 몸을 숨기고 여자가 나오기를 기다리며 칠성각을 살폈다. 여자가 촛불을 끄고 몸을 돌렸다.

"여기서 뭐 해요?" 또 중묵 스님이었다.

"아, 예." 나는 얼버무렸다.

"내 방으로 갑시다. 차나 한잔 하게."

중묵 스님의 말을 거절할 수가 없었다. 나는 칠성각을 보았다. 여자가 칠성각에서 나왔다. 어두워서 그런지 여자의 얼굴이 제대로 보이질 않았다. 답답했다. 여자는 칠성각 바로 옆의 문을 통해 요사채로 걸어갔다.

that tight interior space. I was absorbed in watching her slowly repeating bows and worshipping, lowering her body as much as possible and turning her hands over on the floor. I hadn't seen her face yet, so I was even more curious.

"What are you doing here?" Surprised, I turned to find Reverend Jungmuk joining his palms together.

"Ah, yes. No, nothing," I stammered.

"Have you had dinner? I didn't see you."

"Yes, I did," I lied without even thinking.

Without saying any more, Reverend Jungmuk entered the Bogwang Building. After confirming that the reverend was inside the Bogwang Building, I began carefully heading toward the Chilseonggak Building. Meanwhile, the temple, speckled with white, was already buried in darkness.

"Jisimguimyeongrye..."

The monks' chant was flowing out from the Bogwang Building to the sound of a wood block being struck. The woman was now beginning to bow in harmony with the striking of the wood block. I was determined to see her face. If it was Unseo, we were meeting again after seven years. I showed her a very shameful and dirty side of myself until the moment we parted. I struggled so hard to

"뭐 볼일 있어요?" 중묵 스님이 또 물었다.

"됐습니다." 나는 돌아섰다.

당장 여자의 뒤를 따라가 얼굴을 확인하고픈 욕망을 누르며 중묵 스님의 뒤를 따랐다. 여자가 만일 실상사에서 묵는다면 기회는 또 있을 터였다. 게다가 여자가 만일 운서라면, 중묵 스님이 일러줄 것이라는 기대도 없지 않았다. 중묵 스님도 운서에 대해 잘 알았다. 방으로 들어간 중묵 스님은 장삼을 벗고 간편한 복장으로 찻상 앞에 앉았다.

"커피?" 중묵 스님이 물었다.

나는 중묵 스님 방에 오면 언제나 커피를 찾았었다.

"우전 있으면, 그걸로 주세요."

"아니 웬일로 커피가 아니고 우전을?" 중묵 스님이 놀라는 표정을 지었다.

"그냥요. 갑자기 우전이 먹고 싶네요."

중묵 스님 방에서 나는 커피를 마셨고, 운서는 우전을 마셨다. 두 사람이 차를 달리 마신다며 중묵 스님은 툴툴거리곤 했었다. 오늘은 운서 생각을 하며 우전을 마시고 싶었다. 중묵 스님이 고개를 끄덕였다.

"마침 쌍계사에서 우전을 보내왔는데 햇차라 향이 좋

forget Unseo for the past seven years.

"Jisimguimyeongrye... Deajimunsusaribosal Daehaengbohyeonbosal Daebigwanseumbosal..."

This was the fifth out of all seven Jisimguimyeongryes. *That's right.* I lived, thinking that if I loved somebody, I had to risk my life for that love.

"I'm going to die here," I cried, running toward the veranda. I didn't really want to jump from the eleventh-floor apartment. It was a kind of threat. Unseo stopped short while opening the door and looked at me miserably. Love was over, and the only thing left was my obsession. I knew full well that my struggle was an obsession. There was a big suitcase next to Unseo. Looking at her I felt like saying, "Please hold me!"

"If you jump, then what? You want to make me a bad girl until the end? You're such a jerk. What do you want to achieve by dying in front of me? You want me to live with the guilt my whole life? How could you be so thoroughly selfish? Jerk!"

"Right, I'm a jerk!"

I straddled the veranda railing. I was going to fall from it, after standing up. I stopped and waited desperately for Unseo to come and catch me. I pro-

아."

중묵 스님이 수반에다 더운물을 받았다. 나는 중묵 스님한테 큰 빚을 졌다. 그 빚 때문에 중묵 스님 앞에 앉으면 늘 마음이 무거웠다. 시대의 아픔을 못 견뎌 그런 줄 알았지, 라며 가끔 중묵 스님이 농담을 던질 때마다 쥐구멍이라도 찾아 들고 싶었다.

"평양에 다녀왔다며?" 지난여름, 평양에 갔던 일을 중묵 스님이 뒤늦게 물었다.

"그저 그랬어요."

북의 민화협 관계자들이 정해준 일정대로 움직인 다음 호텔로 돌아오면 꼼짝없이 감옥살이를 했던 탓에 말 그대로 평양의 인상은 그저 그랬다. 하지만 대동강이나 보통강변의 풍경은 내 마음에 쏙 들었다. 대동강과 보통강 때문에라도 평양은 충분히 아름다운 도시였다. 함께 서울에서 간 사람들한테는 네모의 콘크리트 냄새가 풍겼지만 평양의 사람들한테는 둥근 대지의 풋풋한 냄새가 풍겼다.

"왜에?"

"진정성의 문제죠."

"진정성?"

"어쩌면 의심이죠. 진정으로 통일할 의사가 있는 건지

mised myself over and over that as soon as the door opened and Unseo left, I would jump. Not wanting to die, I was shivering like an aspen leaf.

Please catch me, Unseo!

Perhaps my sincere prayer worked. Unseo came back and dragged me down off the railing by my arms and into the room. The moment I turned around, relieved, lights started flashing before my eyes. Unseo kept slapping me across my face. While being slapped, I sat down on the sofa. The only thing important to me was that Unseo had caught me. I was happy.

"Do whatever you want! Whatever you want! You jerk! Die or live—it's up to you!" Unseo turned around, swearing as if she were putting a curse on me.

Resolutely, she opened the door and left. When the door slammed shut, I felt as if my coffin had been sealed. Then silence followed. Unseo had left me. *Tiktok, tiktok, tiktok...* The sound of the second hand of the wall clock was as loud as thunder. I got up from the sofa.

"Sarija Saekbuligong Gongbulisaek Saekjuksigong Gongjuksisaek Susanghaengsik Yeokbuyeosi..."

에 대한 의심."

"자, 여기." 중묵 스님이 찻잔을 내민다.

차를 한 모금 머금었다. 낮에 마신 매화차보다 향이 연하고 부드러워 좋았다.

"정처사가 북에 대해 의심까지 다 하고? 많이 변했네."

중묵 스님과 나는 같은 대학 출신이었다. 철학과에 다니던 중묵 스님은 민중민주주의혁명론의 PD 계열이었고, 나는 민족해방민중민주주의혁명론의 NL 계열이었다. 돌이켜보면 종파로 나뉘어 다투던 그 모든 순간들이 참으로 허망한데, 당시에는 죽기 살기로 서로를 미워하며 다투었다. 나는 괜히 말을 꺼냈다 싶은 생각이 들어 묵묵히 차만 들이켰다. 사실, 일제 치하에서부터 지금까지 독립운동이든 민주화운동이든 혁명운동이든 외부의 가혹한 탄압에 의해 무너진 조직은 그다지 많지 않았다. 민주화운동이나 통일운동의 경우만 해도 국가보안법에 의해 운동 조직이 파괴되었다기보다는 오히려 내부의 종파투쟁과 사상투쟁에 의해 파괴된 경우가 훨씬 더 많았다.

운동은 결코 벼슬이나 훈장이 아니었다. 더구나 통일운동을 하는 것은 벼슬과는 아무런 상관이 없었다. 자칫 잘못하다간 손가락질당하기 십상이었다. 그런데도 운동판

The sound of chanting the Heart Sutra was flowing out of the Bogwang Building. The woman in the Chilseonggak Building was standing straight, reciting 'ajeaje bara-aje...' Soon, when the rite was over, she would emerge from the Chilseonggak Building. In order not to run into her right away, I took a few steps backward. When I was near the West Pagoda, monks began coming out of the Bogwang Building. Hiding behind the pagoda and carefully watching the Chilseonggak Building, I waited for the woman to appear. Blowing out the candles, the woman turned around.

"What are you doing here?" It was Reverend Jungmuk again.

"Ah, yes..." I mumbled.

"Why don't we go to my room? Let's have tea."

I couldn't refuse. I looked at the Chilseonggak Building. The woman was leaving the building. Perhaps because it was dark I couldn't see her face clearly. I felt impatient. She was walking toward the living quarters through the gate right next to the Chilseonggak Building.

"Do you have something to do?" Reverend Jungmuk asked me again.

"No, that's OK." I turned around.

을 떠나지 않았던 것은, 그저 맨 뒤에서 변치 않고 따라가겠다는 자신과의 약속 때문이었다. 맨 앞에 서서 나가다가 변절하고 싶지는 않았다. 그저 너무 많이 뒤처지지 않고 오래 길을 가겠다는 나와의 약속은 그러나 평양에서부터 조금씩 균열을 일으켰다.

"이 나쁜 자식들아! 니들이 뭐야, 니들이 뭐야?! 조선노동당이 다 뭐야?"

연회를 마치고 고려호텔로 돌아오는 버스 안에서 꾹꾹 눌러두었던 화가 폭발했다. 북 민화협 관계자들의 입장과 처지를 이해 못 하는 것은 아니었지만, 서울로 돌아가자마자 손목에 수갑을 차야 하는 사람들이 있을 게 분명한데 저들은 공동보도문 하나 제대로 합의해 주지 않았다. 물론 서울의 남쪽 당국자들도 작고 사소한 것에 신경을 곤두세우기는 마찬가지였다. 주체사상의 가장 큰 문제점은 그 안에 타자성이 결여되어 있는 것이었다. 그것을 나는 평양에서 깨달았다. 주체만 있고 타자는 없는……, 아팠다.

"정 선생 다시는 평양에 오고 싶지 않아요?" 나를 담당하던 보위부 직원이 화를 버럭 냈다.

"안 와, 새끼들아! 통일운동 안 하면 될 거 아냐? 니들이 뭐야? 니들이 뭔데? 니들 교도소에서 썩어 봤어? 좆도 아

Suppressing my urge to follow the woman right then and there and see her face, I followed Reverend Jungmuk. If the woman was staying at Silsangsa Temple, I would have other chances. Besides, if she was indeed Unseo, I thought that Reverend Jungmuk might tell me. Reverend Jungmuk knew Unseo well. Reverend Jungmuk took off his robe and sat in front of the tea table in simple clothes.

"Coffee?" asked Reverend Jungmuk.

I always asked for coffee whenever I went to his room.

"If you have *ujeon* green tea, I'd like it."

"What's up? *Ujeon* instead of coffee?" Reverend Jungmuk looked surprised.

"No reason. I just feel like it suddenly."

In Reverend Jungmuk's room, I used to drink coffee and Unseo drank *ujeon*. Reverend Jungmuk used to complain about the two of us choosing different kinds of tea. I wanted to drink *ujeon*, thinking of Unseo. Reverend Jungmuk nodded.

"I happened to have *ujeon* sent from Ssanggyaesa Temple. Newly dried, it's really flavorful."

Reverend Jungmuk poured warm water into a flower bowl. I owed a great deal to Reverend

닌 것들이 주둥아리로만 통일 통일, 하고 자빠졌어." 내 입에서 막말이 마구 튀어나왔다.

"거 참, 너무하십네다." 앞 좌석에서 민화협의 과장이 나직하게 한마디를 던졌다.

나는 담배를 꺼내 피웠다. 하고 싶은 말을 거칠게 토해냈더니 속은 후련했다. 버스는 평양의 어두운 밤거리를 달리고 있다. 다시는 평양에 오지 못할지도 모른다고 생각했다. 내가 입을 다물자 버스 안은 적막에 휩싸였다. 서글펐고, 눈물이 나오려고 했다. 평양에 다시 오지 못하는 것은 아무렇지도 않았지만, 저들에게 나는 대상으로서의 타자에 불과했다는 사실에 화가 났다. 어쩌면 빙산의 일각만 보고 지레 성질을 부린 것인지도 몰랐다.

"통일운동에 대해 심각한 회의가 생겨서 요샌 나도 좀 힘드네요."

"그래요." 중묵 스님이 고개를 끄덕였다.

내 마음을 안다는 건지 그냥 동의한다는 건지 잘 모르겠다. 사실 나는 평화통일운동협의회의 사무처장의 일을 놓을까 말까를 저울질하고 있는 중이었다. 저울추는 놓을까 쪽으로 자꾸만 기울고 있었다. 자정 무렵까지 학원에서 강의를 해야만 하는 아내의 희생을 더 감당할 자신이

Jungmuk. I always felt a heaviness in front of him because of that debt. Whenever he joked, "I thought you had a hard time because of the times were troubled," I felt so ashamed that I wished to hide, even in a mouse hole.

"I heard you'd been to Pyeongyang?" he asked me, belatedly, about my visit to Pyeongyang last summer.

"It was OK."

Because we had to stay imprisoned in the hotel after following the official schedule set by the officials of the National Reconciliation Council in North Korea, my impression of Pyeongyang was literally OK. But I really liked the scenery around the Taedong River and the Potong River. Pyeongyang was a beautiful city if only for those two rivers. The South Koreans who went with me smelled of concrete blocks, but the citizens of Pyeongyang smelled of the new greenery of the round earth.

"Why~?"

"It's a matter of genuineness."

"Genuineness?"

"It may be a matter of doubt. Doubt about whether they really want reunification."

"Here." Reverend Jungmun pushed a teacup

내겐 없었다. 중묵 스님이 다기를 헹궈 엎었다. 인사하고 중묵 스님의 방에서 나왔다. 하늘엔 별이 총총했다. 중묵 스님은 끝내 운서에 대해 말하지 않았다. 그렇다면 그 여자는 운서가 아닌 게 분명했다. 이렇게 생각하니 마음이 편해졌다. 요사채의 방으로 돌아와 팔베개를 하고 누웠다. 운서는 어디에서 무엇을 하며 누구랑 살고 있을까? 유행가 가사처럼 '어디에서 나처럼 늙어 갈까?'라고 생각하며 눈을 감았다. 그 밤, 헤어진 뒤의 풍경이 망막 저편에서 아스라이 떠올랐다.

현관문을 닫고 운서가 떠나자 나는 준비해 뒀던 수면제를 꺼냈다. 손바닥 위에 놓인 수면제는 오십 알 정도였다. 이번에는 망설이지 않고 그것을 한 입에 털어 넣었다. 수도꼭지를 비틀어 쏟아지는 물줄기에 입을 대고 벌컥벌컥 물을 들이마셨다. 수면제가 목구멍 속으로 넘어갔다. 비록 내가 잘못했지만 사랑에 대한 맹서는 지켰다고 자위하며 소파에 반듯하게 누웠다.

텔레비전 옆의 액자 속에서 운서가 환하게 웃고 있는 게 보였다. 십삼 평 임대아파트의 거실은 좁았고, 곳곳에 운서의 숨결이 배어 있었다. 동거까지는 아니었지만 그

toward me.

I held the tea in my mouth and savored it. I liked its flavor, lighter and gentler than the apricot flower tea I had had in the afternoon.

"Scholar Jeong doubting the North? You have changed a lot!"

Reverend Jungmuk and I graduated from the same college. Reverend Jungmuk, a philosophy major, belonged to the PD faction, which believed in the people's democratic revolution, whereas I belonged to the NL faction, which believed in national liberation and the people's democratic revolution. Looking back, all our moments of factional fighting felt truly nonsensical, but at that time we were in a life-and-death struggle, really detesting each other. Regretting what I just said, I silently drank the tea. In fact, from the Japanese colonial period to the present day there weren't many organizations that collapsed simply because of brutal oppression by the authorities, whether they were working for the independence movement, democracy movement, or revolutionary movement. In the democracy movement and reunification movement, far more organizations were destroyed not by the National Security Law but by factional strife and internal ideological

아파트에서 운서와 나는 많은 시간을 함께 보냈다. 액자를 돌려 놓아야겠다고 생각하며 소파에서 몸을 일으키는데 머리가 피잉 돌았다. 그리고 아무것도 보이질 않았다.

"정신이 좀 들어?"

중묵 스님의 목소리였다. 눈을 뜨니 병원이었고, 간병인 의자에 중묵 스님이 앉아 있었다. 도로 눈을 감았다. 며칠 전에 실상사로 전화를 했을 때 중묵 스님은 천일기도 중이라고 했었다. 기도 중이라면 절을 떠나지 않는 것이 불문율이었다. 정신이 번쩍 들었다.

"어떻게 오셨어요?" 힘겹게 입을 열었다.

"택시 타고 왔지!" 중묵 스님이 퉁명스레 대답했다.

"예에? 실상사에서 서울까지요?" 누가 중묵 스님을 불렀을까? 아무리 기억을 더듬어 봐도 내가 부른 것은 아니었다.

"죽이라도 좀 사다 줄까?"

"언제 오셨어요?"

"사흘 전에."

"기도는요?" 내가 물었다.

천일기도 중에 절을 떠나면 비록 999일 동안 기도를 했다고 하더라도, 그 천일기도는 무효였다. 내가 알기로는

struggles.

Being an activist was not a governmental position. It earned no medals. Working for the reunification movement, especially, had nothing to do with a government title. A single mistake could easily attract scornful finger pointing. Despite that, I didn't quit the movement, only because I had promised myself I wouldn't just drift along with the current. I also didn't want to change sides while I was at the forefront of the movement. I promised myself I would be on the road for a long time without falling too far behind, though I had begun to crack since my visit to Pyeongyang.

"You jerk! Who are you? Who the heck are you? What is the Korean Workers' Party?"

In the bus on the way back to the Koryo Hotel after the banquet, I exploded with pent-up anger. Although I could understood the situation of the National Reconciliation Council officials, I was really frustrated because they didn't work cooperatively for something so small as a joint statement, especially when some of us were sure to be arrested as soon as we arrived in Seoul. Of course, the South Korean authorities were no different in being on edge about every trivial detail. The biggest draw-

중묵 스님의 천일기도는 열흘 남짓만 남은 상태였다.

"기도가 중요한가, 생명이 중요하지. 사람도 참, 뭐 이십대 초반도 아니고, 쯧쯧."

"어떻게 알았어요?"

"아파트에서 자살을 기도했으니 당장 가 보라고 전화가 왔어. 나는 또 시대에 절망해서 그런 줄 알았지."

"누가요?"

"여잔데, 이름을 안 밝히데."

"운서 아니었어요?"

"글쎄……" 중묵 스님은 운서라고 정확히 말을 해 주지 않았다.

나는 눈을 감았다. 내 성질이 급하고 더러운 줄 알기 때문에 아파트에서 나가자마자 운서가 중묵 스님한테 전화를 한 것이 분명했다.

"위세척은 두 번에 걸쳐 했으니까 후유증은 없을 거고, 그저 마음을 비우고 좀 쉬어."

중묵 스님의 말대로 그저 마음을 비우고 누워 있기란 정말 힘들었다. 마음 깊은 곳에선 울화가 활활 타오르고 있었다. 마음이 상하니 몸도 덩달아 상해서 죽도 먹을 수 없었다. 뭐든지 먹기만 하면 거꾸로 치솟았다. 칠십 킬로

back of the Juche ideology was that there was no place for others in it. I realized that in Pyeongyang. Only self and no others... I was pained.

"Mr. Jeong, you don't want to come back to Pyeongyang ever again?" My security guard erupted in anger.

"I won't come back, you jerk! What if I don't continue in the reunification movement? Who are you? Who the heck are you? Have you ever rotted in prison? Nobodies like you simply wagging your tongues, reunification, reunification!" Rude curses came pouring out of my mouth.

"My goodness, this is going too far!" a department chief of the National Reconciliation Council seated in front of me said under his breath.

I took out a cigarette and began to smoke. After my outburst, I felt better. The bus was running through the dark streets of Pyeongyang. I thought that I might never be able to return. After I shut up, the bus was submerged in silence. I was sad and tears were welling up. I didn't care whether I could come back to Pyeongyang or not, but I was angry that I was treated only as an "other" and an "object." Maybe I only saw the tip of the iceberg and took offence too quickly.

그램이 넘던 체중이 순식간에 육십 이하로 줄어들었다.

"다이어트엔 실연이 최고로구만." 중묵 스님이 말했다.

나는 그저 웃을 수밖에 없었다. 퇴원하자 중묵 스님이 쉬어야 한다며 나를 억지로 잡아끌어 실상사로 데리고 갔다. 거의 폐인이 되어 버린 나는 읽지도 쓰지도 않고 여섯 달을 실상사에서 보냈다. 그리고 늦은 나이에 대학원에 진학했고 공부에만 온 신경을 집중했다. 석사과정을 마칠 즈음에 지금의 아내를 만났다. 그리고 오래지 않아 결혼했다.

설핏 잠이 들었던가, 도량석 목탁 소리에 눈을 떴다.

목탁을 올리는 행자의 솜씨가 만만찮았다. 고요하게 잠든 도량을 조심스럽게 깨우기 위하여 낮고 작게 시작하여 점점 크고 느리게 치는 것을 '목탁을 올린다'고 한다. 눈을 감고 목탁 올리는 소리를 들었다. 머릿속에 고요하게 잠든 대지와 도량과 숲이 조금씩 깨어나는 모습이 그려졌다. 도량에 고요하게 가라앉은 대기가 목탁의 울림에 따라 점차 물결을 일으키며 요사채의 창호지를 두들기고 처마 끝의 풍경도 흔들었다. 중묵 스님의 방 앞에 서 있는 감나무의 빈 가지마다 신록이 꿈틀거리며 돋아나고, 생태

"I'm having a hard time these days because I've begun to seriously doubt the reunification movement.

"Uh-huh." Reverent Jungmuk nodded.

I wasn't sure whether he was saying that he understood me or that he agreed with me. In fact, I was wavering about whether I should quit my job as secretary-general for the Council for Peaceful Reunification Movement. The scale was tipping toward quitting. I didn't feel confident enough about my work to prolong my wife's sacrifice in teaching at a cram school until midnight. Reverend Jungmuk washed the teacups and turned them upside down. After saying thanks, I left his room. A lot of stars were glimmering in the sky. Reverend Jungmuk hadn't mentioned Unseo at all. So that woman must not be Unseo. With that thought, I felt at ease. After returning to my room, I lay down, resting my head on my arms. *Where would Unseo be? What would she be doing? With whom would she be living?* I closed my eyes, wondering, "Would she be aging like me somewhere?" as in the popular song lyric. What happened that night after Unseo left started to emerge vaguely from behind my retinas.

뒷간 옆 담장 아래에서는 노란 애기똥풀이 꽃망울을 터뜨렸다.

눈을 뜨고 몸가짐을 살핀 뒤 다른 방에 방해가 되지 않게 조심스레 문을 열고 나갔다. 천왕봉 위에는 달이 휘영청 밝았다. 수곽(水廓)으로 달려가 감로수로 텁텁한 입을 헹궈내고 얼굴을 씻었다. 걸레를 빨아 방으로 가지고 와서 이부자리를 개고 걸레질을 했다. 걸레질을 끝낸 뒤 가부좌를 틀었다.

행자가 목탁 내리는 소리가 귀에 아련했다. 목탁을 굵고 느리게 치다가 가늘고 작게 소리를 줄여 나가는 것을 '목탁을 내린다'고 한다. 행자는 지금쯤 약사전을 깨우고 있을 터였다. 다시 눈을 감았다. 눈을 감자 어제 보았던 하얀 옷의 여자가 불쑥 나타났다. 여자를 떨쳐 내려고 고개를 흔들었지만 아무 소용이 없었다.

'운서……를, 아직도 보내지 못했느냐? 손에 꽉 쥐고 있는 것이 무엇이냐? 손바닥을 펴 보아라.'

내면의 명령에 따라 눈을 뜨고 손바닥을 폈다. 아무것도 없었다. 손바닥을 움켜쥐었다. 잡히는 것도 없었다. 다시 눈을 감았다. 자전거, 가운데가 텅 빈 바퀴, 하얀 옷을 입은 여자…… 고개를 흔들었다. 한숨을 길게 내쉬고 눈

After Unseo left, slamming the door behind her, I took out the sleeping pills I had prepared. I held about fifty of them in my palm. That time, I didn't hesitate. I just poured them all into my mouth. After turning on the faucet, I gulped down water straight from it. I could feel the sleeping pills sliding down my throat. I lay down on the sofa, comforting myself for keeping my promise of love, even though I had done many things wrong.

I could see Unseo smiling brightly inside the framed photo next to the TV set. The living room of our thirteen-*pyeong* apartment was small and permeated with Unseo's presence. Although we didn't live together, Unseo and I spent a lot of time there. Getting up from the sofa in order to turn the photo, I suddenly felt dizzy. I couldn't see anything.

"Are you awake?"

It was Reverend Jungmuk's voice. I opened my eyes. I was in a hospital room. Reverend Jungmuk was sitting on the caretaker's chair. I closed my eyes again. When I called him a few days before, I heard that he was in the middle of a thousand-day prayer. It was an unwritten law for a monk never to leave the temple during a thousand-day prayer. Immediately I was wide-awake.

을 떴다. 종소리가 새벽의 지리산을 흔들고, 도량을 흔들고, 창호지를 흔들고, 나를 흔들었다. 가부좌를 풀었다. 담배를 챙겨 들고 밖으로 나갔다.

고요한 달빛 아래에서 매화가 바람에 흔들렸다. 매화를 보고 있는데 하얀 옷을 입은 여자가 요사채에서 나왔다. 가로등 불빛에 여자의 얼굴이 드러났다. 잊혀지지 않았던, 한 시절의 갈피에 차곡차곡 쌓여 있는 얼굴이었다. 한 걸음 가까이 여자 앞으로 나아갔다. 운서가, 가방을 들고 아파트 현관을 나섰던 운서가 분명했다. 여자도 나를 보았다. 나는 주춤 뒤로 물러섰다. 운서는 나를 보고도 모른 척 지나쳤다. 여자는 보광전으로 가지 않고 천왕문 쪽으로 걸어갔다. 나는 운서의 뒤를 따랐다. 운서는 천왕문 앞에서 보광전을 향해 합장을 하더니 실상사에서 나갔다. 나는 정신없이 뛰어 운서를 따라잡았다.

"저기요."

내 말에 운서가 걸음을 멈추고 나를 보았다. 다시 확인해 보아도, 여자는 내 가슴에 화인처럼 찍힌 운서였다.

"혹시, 저 모르시겠어요?" 나는 조심스럽게 물었다. 여자가 피식 웃었다.

"누구신데요?" 여자가 달빛에 피어난 매화처럼 서늘하

"How did you come?" I barely managed to speak.

"By taxi!" Reverend Jungmuk answered bluntly.

"Really? From Silsangsa Temple to Seoul?" *Who called him?* I tried hard to remember, but it wasn't me who called him.

"Would you like me to get you some rice porridge?"

"When did you come?"

"Three days ago."

"What happened to your prayer?" I asked.

If a monk left the temple during a thousand-day prayer, that prayer was in vain, even if he had prayed for nine hundred ninety-nine days. I knew that his thousand-day prayer had had only about ten more days to go.

"Is prayer important? It is life that is important. What's up with you? You're not in your early twenties, you know. Tsk tsk."

"How did you know?"

"I got a call that you attempted suicide at the apartment, that I'd better go and check on you. I thought you did that because you were in despair about the times."

"Who called?"

"It was a woman, but she didn't tell me her

게 되물었다.

"이름이…… 운서, 아닌가요?"

"아닌데요?"

얼굴은 운서가 분명한데, 운서가 아니라고 냉정하게 말하고 돌아서는 여자를 나는 그저 놀란 눈으로 바라볼 뿐이었다. 여자는 천천히 해탈교 쪽으로 걸어갔다. 나는 여자의 뒤를 따랐다. 여자는 해탈교로 들어섰다. 해탈교는 실상사와 세상을 이어주는 시멘트 다리였다. 여자가 해탈교를 건너가자 불현듯 떠오르는 것이 있어 재활용품 분리 수거장으로 부리나케 뛰어갔다. 분명히 있었는데, 여자가 타고 왔던 자전거가 온데간데 없었다.

그때, 구름 속으로 보름달이 들어가고, 세상은 잠시 어두워졌다. 여자는 그냥 걸어갔는데 자전거가 사라지다니, 믿을 수가 없어 여기저기를 뒤지고 살펴보았다. 내가 헛것을 본 것일까? 구름 밖으로 보름달이 나오자 세상이 한순간에 밝아졌다. 그때, 자전거가 눈에 띄었다. 자세히 보니 새 자전거가 아니라 완전히 망가져 버린 자전거였다. 자전거 뒷바퀴는 살만 앙상했다. 잠시 넋을 놓고 자전거에다 멍한 눈길을 쏟아부었다. 지금쯤 여자도 해탈교를 건너 세상 속으로 들어갔을 터였다. 망가진 자전거를 들

name."

"Wasn't it Unseo?"

"Umm..." Reverend Jungmuk didn't confirm or deny this.

I closed my eyes. Knowing my hot and foul temper, Unseo must have called him as soon as she left the apartment.

"They performed gastric irrigation twice, so you won't have any aftereffects. Simply empty your mind and rest."

It was really hard to follow his advice. Deep in my heart, pent-up anger was blazing. I couldn't eat even rice porridge, because my body hurt as much as my heart. Whatever I ate came back up. My weight over seventy kilograms, dropped below sixty.

"It seems that disappointed love is the best diet," said Reverend Jungmuk.

All I could do was smile. After I was discharged from the hospital, Reverend Jungmun insisted on taking me with him to Silsangsa Temple, saying that I needed a rest. Almost like an invalid, I spent six months at Silsangsa Temple without reading or writing. Then, I went to graduate school and devoted myself to study. About the time I was finishing my

어 재활용품 분리수거장에다 던졌다. 와장창 소리를 내며 자전거가 거꾸로 처박혔다. 아까 그 여자가 운서든 운서가 아니든, 그건 이미 중요하지 않았다.

나는 거꾸로 처박힌 자전거를 응시했다. 자전거의 뒷바퀴가 슬금슬금 돌기 시작했다. 문득 어제 낮에 들었던 농부의 말이 돌고 있는 자전거 바퀴에서 떠올랐다. '사는 게…… 사는 거시제.' 그랬다. 사(死)는 것은 사(生)는 것이었다. 새벽바람에 매화가 졌다.

『실상사』, 문학동네, 2004

master's, I met my wife. We married soon afterward.

Did I doze off? I opened my eyes at the sound of the wood block from the daybreak rite.

The apprentice monk was beating the wood block quite skillfully. They gradually change the beat from low and short to louder and slower to gently wake the sleeping seminary. This is called "raising the wood block." I listened to the sound with my eyes closed. I could picture in my mind the earth, the seminary, and the forest, all quietly asleep, gradually waking up. The air, lying low in the quiet seminary, and gradually rippling to the beat of the wood block, struck the rice paper in the doors of the living quarters and shook the wind-bells at the ends of the eaves. New leaves were beginning to sprout on every branch of the persimmon tree in front of Reverend Jungmuk's room, and the yellow tetterwort at the lower end of the wall next to the ecological outhouse was bursting with buds.

After opening my eyes and checking my appearance, I carefully opened the door so as not to disturb others and went out. The moon was shining brightly over Cheonwang Peak. I ran to the water fountain, rinsed my mouth, which tasted of mud, with sweet water, and washed my face. I dampened a cleaning cloth, took it back to my room, folded away my mattress and blanket, and wiped the floor. After finishing I sat with my legs half crossed.

I could vaguely hear the apprentice monk beating the wood block more lightly. Gradually changing the beat from dull and slow to thin and light is called

"lowering the wood block." The apprentice monk must have been waking up Yaksa Temple. I closed my eyes again. Suddenly, the white-clad woman I had seen the previous day appeared in front of me. In order to shake her off, I shook my head, but to no avail.

'You haven't sent Unseo... away yet? What are you grasping so tightly in your hand? Open your palm.'

I opened my eyes and my palm as ordered. There was nothing. I clenched my fist even tighter. There was nothing inside it. I closed my eyes again. Bicycle, wheels with empty center, a white-clad woman... I shook my head sideways. I sighed deeply and opened my eyes. The bell was shaking Mt. Jiri at dawn, the seminary, the rice paper plastered on the doors, and me. I uncrossed my legs. I went out with a pack of cigarettes.

The apricot flowers were trembling in the breeze under the quiet moonlight. While I was looking at the flowers, the woman in white clothes came out of the living quarters. I could see her face under the streetlight. It was that unforgettable face, the face drawn on leaf after leaf of the book of a certain time in my life. I took a step toward her. She was no doubt Unseo, that Unseo who left the apartment with a large suitcase. She recognized me. I stepped back. Unseo passed by me without acknowledging me as if she didn't see me. She was heading not toward the Bogwang Building but toward Cheonwang Gate. I followed her. Unseo joined her hands toward the Bogwang Building in front of Cheonwang Gate, and left Silsangsa Temple. I ran after her breathlessly and caught up with her.

"Hello..."

Unseo stopped and looked at me. She was no doubt Unseo, that woman branded in my heart.

"Well, don't you know me?" I carefully asked her. She grinned.

"Who are you?" she asked coldly, like an apricot flower blooming under the moonlight.

"Isn't your name... Unseo?"

"No, it's not."

Surprised, I stared blankly at this woman whose face clearly looked like Unseo's, but who coldly denied that she was Unseo, and turned away from me. She slowly walked toward Haetal Bridge. I followed her. She was on Haetal Bridge, which connected Silsangsa Temple and the world. While she was crossing the bridge, I suddenly remembered something, and ran to the recycling station. The bicycle she had ridden had disappeared, although it had clearly been there.

In that moment, the full moon was hiding behind the clouds, and the world darkened. Since I couldn't understand how the bicycle could have disappeared when she was walking back out, I poked and looked around here and there. *Have I seen a phantom?* The full moon came out from behind the clouds, and the world brightened instantaneously. In that moment I caught sight of a bicycle. I looked at it closely and realized that it was not a new bicycle, but a completely broken-down one. The only things left were spokes in the skeletal back wheel. For a while I stared absentmindedly at the bicycle. By now, the woman must have been on the other side of Haetal Bridge, entering the world. I lifted the broken bicycle and threw it into the recycling station. With a loud clamor, the bicycle was wedged upside down in the heap of trash. Whether that woman was Unseo or not no longer mattered.

I stared at the bicycle wedged upside down in the heap of trash. Its back wheel was slowly beginning to spin. Suddenly the farmer's words I had heard the previous day emerged from the spinning wheel of the bicycle. "To live is... to live." That was right. To die was to live. Apricot flowers were falling in the dawn breezes.

1) 'To die' and 'to live' are homonyms.
2) "*Nado* chestnut tree" is a literal translation of the Korean name for a *Meliosma myriantha. Nado* means "me, too."

Translated by Jeon Seung-hee

해설
Afterword

삶의 구원과 불교적 성찰

최강민(문학평론가)

정도상은 당대 현실과 역사를 끊임없이 의식하며 소설을 쓰는 리얼리즘 작가이다. 정도상은 1980년대와 1990년대 초반에 거대 서사의 형상화를 통해 당대 독자와 뜨겁게 소통했다. 그의 문학은 문학이 사회 변혁의 수단으로 사용되던 시대의 산물이었다. 2000년대 들어 정도상의 운동권 문학은 거대 서사만이 아니라 미시 서사를 함께 아우르는 일상의 문학으로 진화한다. 정도상이 소설 속에서 동양의 불교인 종교와 연관시켜 삶의 현실을 다루는 모습은 그의 문학적 변화를 뚜렷하게 보여주는 사례이다.

연작소설인 『실상사』(2004)는 미시적 일상과 개인에게 초점을 맞춘 소설이다. 실상사(實相寺)는 전라북도 남원시

A Buddhist Reflection on Redemption

Choi Gang-min (literary critic)

Jeong Do-sang is a realist with a strong interest in contemporary reality and history. In the 1980s and early 1990s he engaged in a passionate dialogue with his readers through stories that embodied macroscopic narratives. His work was the product of a time when literature was a tool for social change. During the 2000s, Jeong Do-sang's activist literature came to embrace microscopic narratives as well, evolving into a literature of everyday life. Jeong's interest in Buddhism as expressed in his stories is a clear example of his literary transformation.

Silsangsa Temple (2004) is a series of stories focusing on individuals and their daily lives observed

에 있는 사찰이다. '실상사'라는 제목에서 환기하듯 이 소설은 불교적 향기를 강하게 발산한다. 소설은 크게 '봄 실상사' '여름 실상사' '가을 실상사' '겨울 실상사' '내 마음의 실상사'로 구성되어 있다. 사계절이라는 순환 구조는 다양한 인간과 삶의 표상이자 불교적 업과 윤회를 떠올리게 하는 서사의 전개이다. 정도상은 계절의 변화를 통해 삶과 인간의 정체성에 대한 근원적 질문을 다양하게 던진다.

「봄 실상사」에서 소설의 주인공인 '나'는 평화통일운동협의회 사무처장인데 조직의 열악한 경제 상황으로 인해 궁핍한 삶을 산다. '나'는 부하 직원에게 제때에 활동비를 지급하지 못하는 안타까운 현실, 학원 강사로 남편을 어렵게 뒷바라지 하는 아내에 대한 미안함, 연체 대금을 갚으라는 카드 회사의 독촉 전화 등 일련의 현실적 압박 속에 휴대폰을 박살내고 도피하듯 실상사로 내려온다. 실상사에 온 '나'는 쟁기질에 서툰 소와 칡넝쿨에 온몸을 감겨 바삭하게 메말라 죽을 듯한 나도밤나무의 모습에서 궁핍한 현실에 감금된 자신의 자화상을 서글프게 발견한다. 농부는 쟁기질 하다가 도망쳐 버린 소를 향해 '사는 게…… 사는 거시제'라는 말을 한다. '나'는 그 말을 '사(生)는 것이 사(死)는 것이제'라는 의미로 받아들인다. 이

under a microscope. Silsangsa Temple is located in Namwon, Jeollabuk-do. As its title suggests, this novel has much to do with Buddhism. The novel is composed of "Spring at Silsangsa Temple," "Summer at Silsangsa Temple," "Fall at Silsangsa Temple," "Winter at Silsangsa Temple," and "Silsangsa Temple in My Heart." The circular structure of four seasons is symbolic of the cycle of human lives and suggests such Buddhist concepts as karma and reincarnation. Jeong asks various fundamental questions about human lives and identities through the change of seasons.

The main character in "Spring at Silsangsa Temple," the secretary-general of the Council for Peaceful Reunification Movement, leads a destitute life due to poor funding at his organization. He went to Silsangsa Temple as if running away after destroying his cell phone, frustrated by a series of pressures placed upon him—a regrettable reality in which he cannot pay "activities allowances" to his subordinates, feels sorry for his wife, who barely manages to support her husband and family as a teacher at a cram school, and gets phone calls from credit card companies hounding him to pay his overdue balance. At Silsangsa Temple, he sees his

부분에서 경제적 빈곤에 지속적으로 시달려 피폐해진 주인공의 내면 상태를 확인할 수 있다.

'나'는 실상사에 와서 현실의 온갖 괴로움에서 벗어나려고 하지만 쉽지 않다. 특히 평소에 망각해 왔던 운서(雲西)의 존재를 실상사에 와서 다시 떠올린다. '운서'는 과거에 자신의 아이를 임신했다가 낙태하고 끝내 헤어진 존재이다. '나'는 자살 소동을 벌이면서까지 운서를 붙잡으려고 했으나 실패한 채 이별했다. '나'는 실상사에서 운서를 발견해 만나려고 한다. 하지만 이러한 나의 시도는 매번 실패로 끝난다. 불교의 가르침에 따르면 삶의 고통에서 벗어나려면 제행무상(諸行無常)의 태도 속에 세속적 욕망의 집착에서 벗어나야 한다. 하지만 '나'는 여전히 운서로 대표되는 세속적 욕망에 집착하고 있기에 욕망의 대상이자 환상의 대상인 운서를 붙잡지 못한다. 운서의 이름이 서쪽 구름이라는 의미도 내가 쉽게 잡을 수 없는 존재임을 암시해 준다. '나'는 환상의 대상인 운서를 붙잡지 못하기에 내 욕망은 계속 결핍으로 남아 있다. 이 욕망의 결핍은 목마른 갈증이기에 오아시스 같은 존재인 환상의 대상에 다가가려는 욕망을 더욱 부채질한다.

「봄 실상사」에서 '실상사'는 이 소설에서 세속적 욕망에

sad portraits as someone imprisoned in destitute reality reflected in the ox that doesn't know how to plow very well and the dried-up *nado* chestnut tree with the vines of arrowroots twining its trunk. A farmer says to the ox that was running away, "To live is... to live," and the narrator interprets it as "To live is to die." We realize here how impoverished the narrator's psychology has become after the relentless frustration of economic hardship.

The narrator hopes to shake off all his worldly troubles at Silsangsa Temple, but it is not that easy. In particular, he keeps remembering Unseo, whom he had forgotten in daily life. Unseo is his old girlfriend who aborted his baby and from whom he parted. He tried not to let her go, even attempting suicide, but in vain. He sees her at Silsangsa Temple and tries to meet her, failing in every attempt. According to Buddhist teachings, one has to shake off the attachment that comes from worldly desires, accepting the law that "everything changes" in order to be free from life's pains. However, since the narrator is still attached to worldly desires, represented by Unseo, he cannot catch Unseo, the object of his desire and fantasy. The meaning of the name Unseo, i.e. the western clouds, also suggests that

허덕이는 존재들에게 성찰과 안식을 제공하는 어머니의 자궁 같은 시공간이다. '나'는 담장 옆에 핀 하얀 매화, 연못가에 핀 산수유나무의 노란 꽃, 완전히 망가져 버린 자전거를 발견하면서 집착에 빠져 있던 과거의 자신에서 벗어나게 된다. 작은 깨달음을 얻기 전까지 현실은 그에게 고통 그 자체였을 뿐이다. 그러나 작은 깨달음 이후 '사는 게…… 사는 거시제'라는 말은 '사(死)는 것은 사(生)는 것'으로 바뀌어 다가온다. 실상사는 그에게 고통스러운 현실을 끌어안고 적극적으로 살아가게 하는 삶의 에너지를 주었던 것이다. 작가 정도상은 『실상사』를 통해 숨 가쁜 자본주의적 일상, 무한경쟁의 승자 독식 사회에서 망각했던 인간과 삶의 의미에 대해 성찰적 반성을 촉구한다. 『실상사』는 동양 불교의 가르침을 통해 사막 같은 세속의 세계에서 살아가는 많은 사람들에게 한 모금의 시원한 물을 제공했던 것이다.

she is something he cannot easily obtain. Since the narrator cannot obtain the object of his fantasy, his desire remains unfulfilled. Because this longing is like a thirst, it fans his desire to approach the object of his fantasy like an oasis.

The temple in "Spring at Silsangsa Temple" is a temporal, womb-like space that offers insights and comfort to those struggling with their worldly desires. Observing the white apricot flowers blooming next to the wall, yellow flowers blossoming on the cornelian cherry near the pond, and the completely broken bicycle, the narrator escapes his past self that could not shake off his attachment. Until he acquired this small insight, reality was nothing more to him than suffering. His insight that "To live is... to die" is transformed into "To die is to live." Silsangsa Temple gave him the energy for an active life that embraces painful reality. Through this short story, Jeong urges his readers to reflect on the meaning of being human and living as a human being, which they have forgotten in the hectic rat race of contemporary capitalist society with its principle of the survival of the fittest. Through its Buddhist teachings, "Silsangsa Temple" offers a breath of fresh air to many people living in the desert-like contemporary world.

비평의 목소리

Critical Acclaim

정도상. 그의 이름은 1980년대의 시대정신과 문학정신을 환기시킨다. 적어도 나에게는 그렇다. 나는 그의 이름에서 이제는 영원한 부재로 표상되는 1980년대의 어떤 절대적 순간을 감지하곤 한다. 그런데 정도상은 그 어떤 절대적 순간에만 머무는 작가는 아니었다. 그는 그 1980년대의 절대적 순간에만 머물지 않고 『실상사』(2004), 『모란시장 여자』(2005)의 세계, 그러니까 당대인들의 좀 더 근본적인 상처의 외연과 내용을 넓히는 소설집 『찔레꽃』(2008)을 출간함으로써 다시 한 번 자신의 문학을 새롭게 하고 있다.

양진오

Jeong Do-sang—his name evokes the zeitgeist and spirit of the literature of the 1980s. His name often reminds me of that certain absolute moment in the 1980s, currently present only as an eternal absence. Jeong is not a writer who simply holds on to that moment. Instead, he has been expanding the purview and content of his literary world to include the most fundamental wounds of his contemporaries in *Silsangsa Temple* (2004), *Woman at Moran Market* (2005), and *Wild Rose* (2008), once again renewing his literature.

Yang Jin-o

『실상사』 시리즈는 현대 사회의 '야만적 근대성' '자본주의적 욕망의 비정함'에 대해 문제 제기를 하고 있다. (중략) 현대인의 냉혹한 일상은 신자유주의에 기반을 둔 현대 자본주의가 대량 생산해 낸 욕망의 산물이며, 생존만이 목적이 되어 버린 '야수화된 도시적 삶'의 발현이다. 현대 도시 속에서 훈육 당한 보통 사람들의 인식의 전환을 『실상사』는 시도하고 있다. '도법 스님'과 '중묵 스님' 등 지혜로운 자들의 고행처인 '실상사'를 통해 작가는 다른 삶의 가능성을 발견하고 있는 것이다.

오창은

「봄 실상사」는 옛 애인 운서를 마음속에서 떨치지 못하는 주인공 내가 실상사에서 겪은 경험을 징후적 환상의 형태로 펼쳐 놓은 작품이다. 나는 실상사에서 운서를 만나지만, 운서는 언제나 소멸의 형식으로서만 존재한다. 이를테면 운서는 사라짐을 반복하는 인물이다. 그렇기 때문에 나는 더욱더 운서에게 집착할 수밖에 없는데, 불현듯 어떤 미몽을 깨치는 순간이 온다. 운서 자신이 나는 운서가 아니라고 말하면서 냉정하게 돌아선 직후가 그때이다. 나에게 남은 것은 운서, 혹은 운서가 타고 온 빛나는

The Silsangsa Temple series raises questions about the 'barbaric' nature of our modernity and the 'coldness' of 'capitalist desires.' ... The cold everyday lives of our contemporaries are the products of desires mass produced by modern capitalism as well as manifestations of a 'beastly urban life.' *Silsangsa Temple* attempts to transform the sensibilities of common people that have been constrained by the modern city. Through 'Silsangsa Temple,' a place for ascetic practices by wise men like Reverend Dobeop and Reverend Jungmuk, the author explores the possibility of an alternative way of life.

Oh Chang-eun

"Spring at Silsangsa Temple" presents an experience of the narrator who cannot let go of Unseo, his old girlfriend, through a symptomatic fantasy. Although he sees Unseo at Silsangsa Temple, she always exists in the form of disappearance. In other words, Unseo is someone who repeatedly disappears. The narrator is all the more attached to her, but he suddenly encounters a moment when he breaks free of his illusion: the moment when Unseo herself turns away, after saying that she isn't Unseo.

자전거가 아니라 망가진 자전거이다. 주인공 나에게 멍한 혼란이 오듯이 독자들도 이것이 환상인지 실제인지 혼동할 수밖에 없다. 요컨대 이때는 주체 분열이 오는 순간이다. 그리고 그렇기 때문에 그것이 실제인가 환상인가 하는 문제는 중요하지 않다.

박수연

실상사는 어떤 의미일까? 처음 소설의 제목을 보고 그것이 매우 궁금했다. 다섯 편으로 이루어진 연작 소설에서 실상사를 찾아온 사람들, 그들은 살아온 경험이 다르고 사는 방식도 다르지만 '잃어버린 무엇'과 함께 질곡에 빠져 있다는 점에서는 동일했다. 그들은 '무엇인가를 잃어버리고' 자아 안에 존재하는 자기의 다면성에 방황하고 있었다. 삶의 질곡에서 벗어나고자 하는 무력한 몸짓, 현재와 과거를 넘나드는 사유에 갇혀 있는 인간들이 찾아가는 곳, 그곳에 바로 실상사가 있었다. 실상사를 찾는 사람들은 어쩌면 오늘을 사는 우리의 자화상이라는 생각이 든다. 그런 점에서 정도상의 소설집 『실상사』는 상처의 여러 가지 풍경이기도 했다. 상처를 주고받으며 살아가는 인간들, 그들은 또한 실상사를 찾아 가쁜 숨을 고르며 잠

What's left to him is a broken bicycle, neither Unseo nor the shiny bicycle Unseo rode. Just as the narrator is confused and at a loss, readers are also confused about whether this is reality or illusion. In short, this is the moment when the subject is divided. And that is why it's not important whether that moment is real or illusionary.

Bak Su-yeon

What's the meaning of Silsangsa Temple? When I first read the title, I was really curious about that. In this series of five stories, those who come to Silsangsa Temple are all people who feel fettered by 'something lost' despite differences in their life experiences and modes of living. They 'lost something' and they are wandering around many aspects of themselves. The place sought by those who make fruitless efforts to break free from the fetters of their lives and those imprisoned in their thoughts, going back and forth between past and present—that's where Silsangsa Temple is. In those who search for Silsangsa Temple, I see portraits of us living in our contemporary world. In that sense, Jeong Do-sang's *Silsangsa Temple* is a collection of various scenes of wounds. Human beings exchanging hurt

시 고요에 잠기기도 한다. 그런 의미에서 실상사는 반성을 통한 성찰의 상징으로 읽힌다.

도법 스님(전 실상사 주지)

with each other—they also go to Silsangsa Temple and enjoy quietude for a moment, breathing in deeply. Therefore, Silsangsa Temple is also a symbol of self-reflection through introspection.

Reverend Dobeop (former chief-priest, Silsangsa Temple)

정도상

정도상은 1960년 경남 함양군 마천면에서 태어났다. 1966년 7세 때 아버지가 돌아가셨다. 1971년 마천에서 서울로 이사했다. 초등학생 때부터 고등학교 때까지 정도상은 껌팔이, 신문팔이, 막노동을 하며 공부했다. 고등학교 2학년 때부터 시인이 되겠다는 꿈을 꾸게 되었다. 1981년 전북대 독어독문학과에 입학했고 바로 군대에 입대했다. 1984년에 복학해서 민주화운동에 참여했고, 1986년 평화의 댐 건설반대 시위사건으로 수감되었다.

그는 1987년 전주교도소에서 수감 중 소설을 쓰기로 결심했다. 출감 후 아파트 공사장에서 막일을 하던 중 전남대 오월문학상에 응모해 단편소설 「우리들의 겨울」이 당선되었다. 인동출판사에서 『일어서는 땅』이라는 공동 소설집에 단편소설 「십오방 이야기」를 발표하면서 본격적으로 소설 창작에 나섰다.

그의 초기 소설은 주로 거대한 권력이 개인의 삶을 어떻게 파괴하는가에 대한 문제를 다뤘다. 정도상은 2000년대 들어 욕망과 그 주체의 흔들림, 유목과 난민, 삶의 실패

Jeong Do-sang

Jeong Do-sang was born in Macheon-myeon, Haman-gun, Gyeongsangnam-do in 1960. His father died in 1966, when he was only six. After moving to Seoul in 1971, Jeong had to work, peddling packets of chewing gum in the streets and working as a newsboy and a part-time laborer throughout his elementary, secondary, and high school years. An aspiring writer since his junior year in high school, Jeong entered the Department of German Language and Literature at Chonbuk National University in 1981. After finishing his compulsory military service, Jeong returned to school in 1984 and became a student activist for the democracy movement. He was arrested and imprisoned for his role in the Protest against the Construction of the Peace Dam in 1986.

Jeong began writing stories in 1987 during his imprisonment in Jeonju Prison. He made his literary debut by winning the Chonnam National University-sponsored May Literature Award for his short story entitled "Our Winter." He managed to accomplish this while working as a daylaborer at an apartment

자들(자본주의의 시장논리의 기준으로 봤을 때)의 존엄성, 인간의 내면에 중첩된 자아와 그 충돌, 청소년과 그들을 둘러싼 환경의 충돌, 실존을 흔드는 사소한 부조리와 자아 정체성의 충돌에 관심을 기울였다.

정도상은 2004년에 리얼리즘과 민족주의를 버리겠다고 선언했다. 그것은 구호적인 선언으로서의 리얼리즘을 버리겠다는 것이지 현실의 문제를 외면하겠다는 것은 아니었다. 이런 점에서 2000년대 들어 발표된 정도상의 소설은 리얼리즘의 새로운 진화형이라고 할 수 있다. 그는 31세에 결혼하여 이듬해 아들을 출산했다. 2005년 당시 15세 된 중학생 아들이 자살했다. 아들의 자살은 그의 삶과 문학에 있어 또 다른 충격과 변화를 안겨 주었다. 그가 청소년 문제에 지속적인 관심을 표명하는 것도 이와 연관성이 있다.

정도상은 소설을 쓴 이래로 20권 이상의 작품을 내놓았다. 소설 이외에도 동화, 산문집, 시나리오를 쓰기도 했다. 2000년 6·15남북정상회담 이후 6·15민족문학인협회 남측 집행위원장, 6·15남측위원회 상임대표 비서실장으로 활동하기도 했다. 지금은 남북한의 언어를 통합하고 소멸되는 언어를 되살려내는 『겨레말큰사전』의 편찬에 혼

construction site after his release. He began his professional literary career when his short story entitled "The Story of Room Fifteen" was released in a short story collection entitled *The Rising Earth*, published by Indong Publishing Company.

Jeong's early fiction focused on how powerful authorities destroy individual lives. Throughout the 2000's, Jeong's literary purview expanded into the realm of everyday life, dealing with a variety of topics including desire and the desiring subjects' anxiety, nomadism and refugees, the dignity of "losers (those who fail in capitalist market economy)," multiple identities and their conflicts with one another, adolescents and their conflicts with their environment, the small absurdities that can greatly influence one's existence, and general identity conflicts.

Jeong declared that he had given up on realism and nationalism in 2004. However, while he denounced realism as a slogan and manifesto, his interest in reality and the day-to-day problems of life continued. In this sense, Jeong's stories published in the 2000s were a new species of literary fiction that evolved from his earlier realist stories. Additionally, Jeong's fiction underwent further transformations with the occurrence of certain major

신의 힘을 쏟고 있다. 『겨레말큰사전』은 표준어(주류 언어)에 희생된 지역어에 온전한 생명력을 부여하는 사전이다. 그는 2003년 『누망』으로 제17회 단재상을, 2008년 『찔레꽃』으로 제25회 요산문학상을, 2008년 제7회 아름다운 작가상을 수상했다.

events in his personal life. Jeong married when he was thirty-one and his wife gave birth to a son the next year. In 2005, the suicide of his fourteen-year-old son, a middle school student, shocked Jeong and again transformed his life and literary aims. Since the death of his son, Jeong's literature has persistently focused on adolescents.

Jeong is a prolific writer who has had over twenty volumes of his work published. He has written not only short stories and novels but also children's fiction, essays, and screenplays. Also, he worked as the South Korean chair for the 6·15 National Writers Association after the June 15th, 2000 summit between South and North Korea. Currently, he devotes himself to the editing of the *Grand Dictionary of Korean Language*, which includes dialects from both South and North Korea as well as certain words and phrases in danger of extinction. In 2003 he became the recipient of the seventeenth Danjae Award for *Faint Hope*. In 2008 Jeong won the Yosan Literary Award for *Wild Rose*, and the seventh Beautiful Writer's Award later that same year.

번역 **전승희** Translated by Jeon Seung-hee

서울대학교와 하버드대학교에서 영문학과 비교문학으로 박사 학위를 받았으며, 현재 하버드대학교 한국학 연구소의 연구원으로 재직하며 아시아 문예 계간지 《ASIA》 편집위원으로 활동 중이다. 현대 한국문학 및 세계문학을 다룬 논문을 다수 발표했으며, 바흐친의 『장편소설과 민중언어』, 제인 오스틴의 『오만과 편견』 등을 공역했다. 1988년 한국여성연구소의 창립과 《여성과 사회》의 창간에 참여했고, 2002년부터 보스턴 지역 피학대 여성을 위한 단체인 '트랜지션하우스' 운영에 참여해 왔다. 2006년 하버드대학교 한국학 연구소에서 '한국 현대사와 기억'을 주제로 한 워크숍을 주관했다.

Jeon Seung-hee is a member of the Editorial Board of ASIA, is a Fellow at the Korea Institute, Harvard University. She received a Ph.D. in English Literature from Seoul National University and a Ph.D. in Comparative Literature from Harvard University. She has presented and published numerous papers on modern Korean and world literature. She is also a co-translator of Mikhail Bakhtin's *Novel and the People's Culture* and Jane Austen's *Pride and Prejudice*. She is a founding member of the Korean Women's Studies Institute and of the biannual Women's Studies' journal *Women and Society* (1988), and she has been working at 'Transition House', the first and oldest shelter for battered women in New England. She organized a workshop entitled "The Politics of Memory in Modern Korea" at the Korea Institute, Harvard University, in 2006. She also served as an advising committee member for the Asia-Africa Literature Festival in 2007 and for the POSCO Asian Literature Forum in 2008.

감수 **K. E. 더핀** Edited by K. E. Duffin

시인, 화가, 판화가. 하버드 인문대학원 글쓰기 지도 강사를 역임하고, 현재 프리랜서 에디터, 글쓰기 컨설턴트로 활동하고 있다.

K. E. Duffin is a poet, painter and printmaker. She is currently working as a freelance editor and writing consultant as well. She was a writing tutor for the Graduate School of Arts and Sciences, Harvard University.

바이링궐 에디션 한국 현대 소설 029

봄 실상사

2013년 6월 10일 초판 1쇄 인쇄 | 2013년 6월 15일 초판 1쇄 발행

지은이 정도상 | **옮긴이** 전승희 | **펴낸이** 방재석
감수 K. E. 더핀 | **기획** 정은경, 전성태, 이경재
편집 정수인, 이은혜, 이윤정 | **관리** 박신영 | **디자인** 이춘희

펴낸곳 아시아 | **출판등록** 2006년 1월 31일 제319-2006-4호
주소 서울특별시 동작구 흑석동 100-16
전화 02.821.5055 | **팩스** 02.821.5057 | **홈페이지** www.bookasia.org
ISBN 978-89-94006-73-4 (set) | 978-89-94006-87-1 (04810)
값은 뒤표지에 있습니다.

Bi-lingual Edition Modern Korean Literature 029

Spring at Silsangsa Temple

Written by Jeong Do-sang | **Translated by** Jeon Seung-hee
Published by Asia Publishers | 100-16 Heukseok-dong, Dongjak-gu, Seoul, Korea
Homepage Address www.bookasia.org | **Tel**. (822).821.5055 | **Fax**. (822).821.5057
First published in Korea by Asia Publishers 2013
ISBN 978-89-94006-73-4 (set) | 978-89-94006-87-1 (04810)